KB099108

사상의 꽃들 10

반경환 명시감상 14

사상의 꽃들 10

반경환 명시감상 14

지혜

저자서문

  시인은 꽃을 가져오는 사람이고, 철학자는 사상(정수精髓)을 가져오는 사람이다. 쇼펜하우어는 시와 철학의 상관관계를 매우 정확하게 알고 있었던 세계적인 사상가였다.

  시인의 세계는 상상력의 세계이며, 그가 펼쳐 보이는 세계는 아름답고, 신비로우며, 환상적이다. 여기가 아닌 다른 곳, 그 다른 세계로 우리 인간들을 인도하며, 그의 시세계는 활짝 핀 꽃과도 같은 아름다움을 가져다가 준다.

  어떤 시인은 살아 있어도 이미 죽은 것이지만, 어떤 시인은 이미 죽었어도 영원히 살아 있는 것이다.

  사상은 시의 씨앗이고, 시는 사상의 꽃이다.

  이 사상과 시가 있기 때문에 우리 인간들의 삶은 아름답고 행복한 것이다.

  『사상의 꽃들』1, 2, 3, 4, 5, 6, 7, 8, 9권에 이어서『사상의 꽃들』10권을 탄생시켜준 최승호 이정옥 이병연 정상하 황규관 김종겸 신수옥 박해성 채만희 한현수 이서빈 김명이 어향숙 박정원 송경동 이병률 이향아 조영심 유채은 김찬옥 김진열 최금녀 안희연 공광규 최승자 홍명희 유홍준 김병수 김효선 황지우 함민복 한이나 김연종 윤성관 정해영 반칠환 유계자 조옥엽 송찬호 오현정 이복규 박금선 이순희 최병근 김순일 함기석 김영수 한명원 오성인 박남희 박방희 채의정 박형준 최연희 정채원 박성우 김광선 최서림 등 59명의 시인들과 그동안 『반경환 명시감상』을 너무나도 뜨거운 마음으로 사랑해준 독자 여러분들에게 진심으로 감사를 드린다.

좀 더 정확하게 말한다면, 독자 여러분들은 이 책의 저자였고, 나는 독자 여러분들의 시심詩心을 받아 적은 필자에 불과했다.

나는 이 『사상의 꽃들』 10권을 쓰면서, 너무나도 행복했고, 또, 행복했었다.

2021년 봄, '애지愛知의 숲'을 거닐면서…….

차례

2부

3부

4부

최승호 이정옥

이병연 정상하

황규관 김종겸

신수옥 박해성

채만희 한현수

이서빈 김명이

어항숙 박정원

송경동

최승호
잃어버린 말오줌나무의 詩

제목도 기억나는 않는
仙家의 책 페이지를 넘기다가

'키 큰 말오줌나무의 잎사귀를 후드득후드득 빗방울
이 때리니……'

읽는 순간 나는 너무 기뻐하여
그만 꿈에서 깨어나고 말았다

서운한 새벽이다
키 큰 말오줌나무의 詩는
분명히 뒷부분이 있었다
기억해둘 만한 아름다운 詩句가

잃어버린 부분들이 못내 아쉽고

서운하기만 한 새벽에

나는 키 큰 말오줌나무의 詩를 되뇌인다

지워져가는 꿈 같은 生에

이따금씩 빛깔을 드러내는 흔적처럼

'키 큰 말오줌나무의 잎사귀를 후드득후드득 빗방울

이 때리니……

맡오줌나무는 산토끼목 인동과이며, 을릉도에 분포
하며 키가 4~5m나 되는 활엽관목이라고 한다. 잎은
마주나고 홀수깃모양겹잎이고, 꽃은 6월에 피고, 열매
는 둥글며 짙은 붉은색이고 7~8월에 성숙한다고 한
다.

최승호 시인의 「잃어버린 말오줌나무의 시」는 선가
풍의 시이며, 그의 시적 수준과 함께 법력法力의 크기
를 말해준다. 시간과 장소의 경계도 없고, 인식과 인식
의 경계도 없다. 할 수 있는 것과 할 수 없는 것의 경
계도 없고, 꿈과 현실의 경계도 없다. 부처는 신선이
되고, 신선은 장자가 되고, 시인은 나비가 된다. 환인
은 웅녀와 결혼하여 단군을 낳고, 해모수는 유화와 결
혼하여 주몽을 낳고, 노자는 어느날 물소를 타고 속세
를 떠난다.

삶과 죽음의 차이도 없고, 오천년을 살았거나 하루

를 살았거나 아무런 차이도 없다. 먹고 사는 것, 사랑과 증오, 고통과 기쁨, 생사를 초월해 있으니, 이 세상의 삶은 즐겁고 기쁠 수밖에 없다. "제목도 기억나는 않는/ 仙家의 책 페이지를 넘기다가// '키 큰 말오줌나무의 잎사귀를 후드득후드득 빗방울이 때리니……'// 읽는 순간 나는 너무 기뻐하여/ 그만 꿈에서 깨어나고 말았다"는 시구는 그가 꿈속에서도 선가의 책을 읽고 공부했다는 것을 뜻하지만, 그러나 그 기쁨도 잠시, "키 큰 말오줌나무의 잎사귀를 후드득후드득 빗방울이 때리니"의 구절을 읽다가 "기억해둘 만한 아름다운 詩句"를 잃어버린 서운한 감정이 그 주조를 이루게 된다. 만일, 그렇다면 도대체 "키 큰 말오줌나무의 잎사귀를 후드득후드득 빗방울이 때리니"의 다음 시구는 무엇이었던 것일까? 그 "기억해둘 만한 아름다운 詩句"는 도대체 무엇을 뜻하며, 어떤 말들의 향연으로 이루어진 것일까? 선가의 선문답은 본래 반인과론적이며, 어떤 결론도 없는 신비주의가 주류라는 사실을 생각해볼 때, 그 "기억해둘 만한 아름다운 詩句"는 신비이고, 환영이며, 이 세상에 존재하지 않는다고 할 수가 있다.

전지 전능한 신이, 삶과 죽음을 초월한 신선이, 그토

록 순수한 아름다움이 존재하지 않는 것처럼, "키 큰 말오줌나무의 잎사귀를 후드득후드득 빗방울이 때리니"의 뒷부분, 즉, "기억해둘 만한 아름다운 詩句"는 이 세상 그 어디에도 존재하지 않는다. 하지만, 그러나 아름다움이 존재하지 않기 때문에 그 아름다움을 찾아 가는 과정이 더욱더 아름다운 것이라면, "기억해둘 만한 아름다운 詩句"를 찾아 "잃어버린 부분들이 못내 아 쉽고/ 서운하기만 한 새벽에/ 나는 키 큰 말오줌나무의 詩를 되뇌인다"라는 최승호 시인의 「잃어버린 말오 줌나무의 시」는 그 어떤 선사의 시보다도 더욱더 아름 답고 뛰어난 시라고 할 수가 있다. 선사가 지팡이를 꽂 으면 천년의 소나무가 자라나고, 오백년 묵은 여우가 '도'를 깨달으면 우주공화국의 신선이 된다. 자나깨나 온몸으로, 온몸으로 언어의 글밭을 헤매며 자기 자신 의 몸과 마음을 갈고 닦으니 사상의 꽃(시)이 피어나 고, 사상의 꽃이 피어나니 이 세상이 더욱더 성스럽고 경건해지며, 모든 만물이 조화를 이룬다.

최승호 시인의 「잃어버린 말오줌나무의 시」는 '탐미 주의의 극치'이며, 시와 시인, 또는 삶과 예술이 하나 가 된 한국문학의 진수라고 할 수가 있다.

진리는 하나이지만 현자는 이 진리를 여럿의 이름으로 언표한다는 말이 있다. 언어의 힘, 사유의 힘, 시인의 힘으로 붉디붉은 말오줌나무의 열매처럼 시가 탄생하고, 이 세상 그 어디에도 없는 아름다움이 그 모습을 드러낸다.

　　언어의 기적, 사유의 기적, 시인의 기적, 이 기적의 힘으로 「잃어버린 말오줌나무의 시」는 탄생한 것이다.

이정옥
토론토로 띄우는 편지

1
오징어잡이 배를 타는 이란 청년은 종이 편지 대신
손끝으로 안부를 묻고 지문으로 인사를 한다지
만선으로 깃발을 펄럭여도
바닷가 우체통은 비린내만 배달해 주었다지

붉은 몸통으로 입을 벌리고 있는 우리 집 우체통은
다이어트를 하는지 늘 허기져 있으며
빈 바람만 먹었다 뱉어 내기 일쑤였었지
나는 우체통이 생물이기를 기도해 본 적 있지
그리하여 싱싱하고 팔닥팔닥 뛰는 마음 하나쯤
배달되기를 기대하였지

2
스물두 살 청년으로만 기억에 남아있는 한 사람

청바지에 와인색 점퍼를 입은 빛바랜 사진
조그마한 여자의 아름다운 사람이고 싶다던 한 줄
토론토에서 나이아가라 폭포를 보러 간다는 너의 필
체는
내가 사치라는 그리움을 내 안에 살게 하였지
마음을 동여 버스에 기차에 그리움을 태워 보내기
도 하였지
그 하얀 겨울의 찻집에서 너의 목소리 너의 얼굴
세월은 갔어도 너는 마냥 하냥 그냥 스물두 살
만리포 백사장은 여전히 파도를 데리고 놀고 있지
하고 싶은 말이 아직 남은 이유겠지
그리고 마방에서 가슴에만 쌓아 둔 말 말 말

쇼핑센터에서 건네주던 꽃반지 눈을 감으면 향기가
보여
그때부터 내겐 돌아다니는 우체통이 있었지

3
피서에서 돌아온 바람이 창에 앉거나
은행잎이 가을을 토하거나

소나무가 눈꽃을 피우거나
수선화가 봄을 마중 나오거나
파란 하늘에 구름이 뭉글뭉글 시를 쓰거나
그럴 때마다 나의 우체통은 스물두 살 청년에게 편
지를 보냈지

4
민들레가 피고 또 피고 피는 이유를 나는 알고 알지
산 까치가 마을로 내려오는 이유를 나는 알고 있지
뻐꾸기 울음 마을로 내려 보내는 이유 나는 알고 있
지
아카시아가 향기를 날려 보내는 이유를 나는 알고
알지

5
내겐 꽃이 너로 인하여 피었고
인터넷에서 너의 이름자를 건져 올리던 날
나는 공연히 웃음을 흘리고 다녔지
조그마한 여자가 우체통을 서성이는 이유
망초꽃도 알고 저리 흔들리는 거겠지

헤라클레이토스의 말대로 '투쟁은 만물의 아버지'이듯이, 이 세상에서 살아 있다는 것처럼 싱싱하고 역동적이며 아름다운 것은 없다. 정자와 정자들 간의 생사를 건 싸움에서 최종적인 승리를 하고 어머니의 자궁에 안착한다는 것도 기적이고, 이 세상에 태어나 힘을 기르며 생존경쟁에서 승리를 하는 것도 기적이다. 승리는 삶의 정점이며, 이 승리를 쟁취한 자는 끊임없이 이 세상을 찬양하고 미화하게 된다. 이정옥 시인의 「토론토로 띄우는 편지」는 사랑을 쟁취하기 위하여 그리움과 싸우며, 이 그리움과의 싸움을 통해서 단순한 조형물인 우체통을 너무나도 싱싱하고 역동적인 물고기로 살아 움직이게 한다. "오징어잡이 배를 타는 이란 청년은 종이 편지 대신/ 손끝으로 안부를 묻고 지문으로 인사를 한다지"만, 그러나 나는 우체통이 생물이기를 기도해본 적이 있는데, 왜냐하면 "싱싱하고 팔딱팔딱 뛰는 마음 하나쯤/ 배달되기를 기대"했기 때문이다. 사랑은 그리움이 되고, 그리움은 싱싱하고 팔딱팔딱 뛰는 우체통이 되고, 이 우체통은 내 사랑, 스물 두 살의 청년의 마음을 전달해준다.

　스물두 살 청년으로만 기억에 남아있는 한 사람, 청바지에 와인색 점퍼를 입은 빛바랜 사진 속의 한 사람, "조그마한 여자의 아름다운 사람이고 싶다던 한 줄"의 편지 속에 "토론토에서 나이아가라 폭포를 보러 간다는 너의 필체"는 내 안에 "사치라는 그리움을" 살게 하였고, 나는 오직 이 그리움과 싸우며, 이처럼 서정적인 「토론토로 띄우는 편지」를 쓰고 있게 하였다. 오랜 세월이 지났어도 너는 마냥 스물두 살 젊은 청년이고, 나는 여전히 네가 사랑하는 조그마한 여자였다. 만리포 백사장은 여전히 파도를 데리고 놀고 있고, 하고 싶은 말은 여전히 마방(말의 방)에 쌓여 있고, "쇼핑센터에서 건네주던 꽃반지 눈을 감으면 향기가 보여/ 그때부터 내겐 돌아다니는 우체통이" 있었다. "피서에서 돌아온 바람이 창에 앉거나/ 은행잎이 가을을 토하거나/ 소나무가 눈꽃을 피우거나/ 수선화가 봄을 마중 나오거나/ 파란 하늘에 구름이 뭉글뭉글 시를 쓰거나/ 그럴 때마다 나의 우체통은 스물두 살 청년에게 편지를 보냈다." 민들레가 피고, 또 피고 피는 이유를 나는 알고 있고, 산 까치가 마을로 내려오는 이유를 나는 알고 있다. 뻐꾸기 울음 마을로 내려 보내는 이유 나는 알고 있고, 아카시아가 향기를 날려 보내는 이유를 나는 알고 있다. 나는 너로 인하여 꽃으로 피었고, 인터넷에서 너의 이름자를 건져 올리던 날 나는 그것만으로도 너무나도 기쁘고 즐거워서 웃음을 흘리고 다닐 수가 있었다. 스물두 살, 청바지에 와인색 점퍼를 입은 너는 나의 영원한 사랑이고, 나는 너의 영원한 사랑, 즉 조그마한 여자가 되어, 오늘도, 지금 이 순간에도, 싱싱하고 팔닥팔닥 뛰는 우체통 앞을 서성댄다.

사랑은 희망이고, 목표이며, 사랑은 태양이고, 에너지이다. 사랑은 용기이고, 서정이며, 사랑은 영원한 젊음이고, 꽃이다. 사랑은 불멸의 시가 되고, 사랑은 수많은 사람들의 마음을 울리며, 하늘도 감동시킨다. 아시아와 북아메리카, 또는 아시아와 아프리카, 그 만날 수 없는 공간도 뛰어넘고, 그 옛날과 현재, 또는 젊음과 늙음의 시간도 뛰어넘는다. 만리포 해변의 조그마한 여자가 스물두 살의 청년의 연인이 되기 위하여

이 세상에서 가장 싱싱하고 역동적인 '우체통'이라는 '물고기'가 되어 그리움의 바다— 즉, 태평양을 건너간다. 이정옥 시인의 「토론토로 띄우는 편지」는 이 세상에서 가장 아름다운 연애편지이며, 우체통을 물고기로 연출해낸 기적의 시라고 할 수가 있다. 소크라테스에게는 '성교가 거룩한 행위이며 영생의 다이아몬드'였듯이, 이 세상에서 가장 본질적인 주제는 '사랑'이며, 이 주연배우들은 젊고 싱싱한 선남선녀들이라고 할 수가 있다.

시는 진실에 기초해 있어야 하고, 이 진실이 있다면 누구나 시인이 될 수가 있다. 왜냐하면, "오징어잡이 배를 타는 이란 청년은 종이 편지 대신/ 손끝으로 안부를 묻고 지문으로 인사를 한다지/ 만선으로 깃발을 펄럭여도/ 바닷가 우체통은 비린내만 배달해 주었다지", "붉은 몸통으로 입을 벌리고 있는 우리 집 우체통은/ 다이어트를 하는지 늘 허기져 있으며/ 빈 바람만 먹었다 뱉어 내기 일쑤였었지/ 나는 우체통이 생물이기를 기도해 본 적 있지/ 그리하여 싱싱하고 팔닥팔닥 뛰는 마음 하나쯤/ 배달되기를 기대하였지", "피서에서 돌아온 바람이 창에 앉거나/ 은행잎이 가을을 토하거나/

소나무가 눈꽃을 피우거나/ 수선화가 봄을 마중 나오거나/ 파란 하늘에 구름이 뭉글뭉글 시를 쓰거나/ 그럴 때마다 나의 우체통은 스물두 살 청년에게 편지를 보냈지" 등의 너무나도 아름답고 멋진 시구들은 그의 진실에 기초해 있기 때문이다. 진실은 시인의 붉디 붉은 피가 되고, 시는 시인의 옷이 된다. 진실은 시의 내용이 되고, 시는 진실의 옷이 된다. 아름답고 멋진 내용과 아름답고 멋진 진실이 있으면 그 어떤 옷도 다 잘 어울리게 된다. 한 편의 시를 보면 그가 고귀하고 위대한 삶을 살고 있는가, 아닌가를 곧바로 알 수가 있는데, 언어와 삶, 그 정감어린 문체와 운율은 그의 삶 자체이기 때문이다.

인간은 어느 누구도 흉내낼 수 없는 예술작품과도 같은 삶을 살고 있지만, 그러나 대부분의 경우는 더없이 초라하고 보잘 것이 없거나, 또 어떤 경우에는 예술작품이라기보다는 대청소해버리는 것이 더 나을 쓰레기 같은 인간들도 있는 것이다.

이정옥 시인의 「토론토로 띄우는 편지」는 수십 년 동안 갈고 닦은 서정시이며, 시인과 사랑과 우체통이 하나가 된, 만인들과 하늘도 감동시킨 예술 작품이라고 할 수가 있다. 그의 언어 하나 하나가 다이아몬드가 되고, 그의 시인 정신 자체가 영롱한 빛이 되고, 더 없이 맑고 순수한 사랑 자체가 영원불멸의 삶을 살아가게 된다.

이병연
선물

햇살이 창문 두드리는 소리에 일어나
시집을 읽었습니다

학교에 가는데
입안에 "사랑한다"가 굴러다닙니다

너도밤나무를 끼고 돌아
후문으로 향했습니다

아이들이 하나둘 들어오는데
입꼬리가 절로 올라갑니다

복도에서 여학생을 만났습니다
안녕! 참 예쁘구나.
오늘따라 결이 고운 여학생이 배시시 웃습니다

사랑한다는 말이

사랑이라는 선물을 안겨 주었습니다

📖

　이 세상에서 가장 아름다운 유럽의 마을들은 창문, 창틀, 유리, 대문, 지붕, 벽돌 등, 어느 것 하나 마음대로 색칠을 하거나 바꾸지도 못한다. 이 규율과 통제는 상호간의 신뢰와 약속의 표지이며, 서로가 서로를 사랑하지 않고는 꿈꿀 수조차도 없다.

　어떻게 가장 아름답고 행복한 마을을 만들 수 있을까? 어떻게 모든 인간들로부터 존경과 찬양을 받으며 이상적인 시민의 모범이 될 수 있을까? 이러한 구상과 질문들은 전인류의 스승들의 책을 읽고 깊이 있게 사유했을 것이며, 끊임없이 상호토론과 비판을 하되, 일단 합의를 보았으면 어느 누구도 이 합의를 깨지 않겠다고 약속을 하게 만들었을 것이다. 쓰레기 하나 함부로 안 버리고 음주운전 안 하는 것, 기초생활질서를 잘 지키고 남을 헐뜯거나 배신하지 않는 것, 남의 글을 베끼거나 뇌물을 주고 받지 않는 것, 가능하면 좀 더 참고 이해하며 고소 고발을 하지 않는 것 등의 아름답고 행복한 사회는 저절로, 공짜로 이루어지지 않는 것이다.

아름다움은 '질서 중의 질서' 위에 기초해 있고, 질서는 윤리학의 근본토대가 된다. 사랑이 없으면 아름다움이 탄생하지 않고, 아름다움이 없으면 사랑은 그 형체가 없게 된다. "햇살이 창문 두드리는 소리에 일어나/ 시집을" 읽으며 사랑을 노래하고, 밥을 먹고 학교에 가면서도 사랑을 노래한다. "너도밤나무를 끼고 돌아/ 후문으로 향"하면서도 사랑을 노래하고, "아이들이 하나둘 들어오는데/ 입꼬리가 절로 올라"가도록 사랑을 노래한다. 교장 선생님이 먼저 여학생들에게 "안녕! 참 예쁘구나"라고 말하면 "오늘따라 결이 고운 여학생이 배시시"웃는다. 이병연 시인의 「선물」은 '사랑의 선물'이 되고, '사랑의 선물'은 '행복의 선물'이 된다.

사랑은 이 세상에서 가장 무거운 짐이며, 스스로, 자발적으로, 자기 자신과 이웃들과 그가 속한 사회를 위하여 윤리학의 짐꾼이 되었다는 것을 뜻한다. 사랑은 이 세상의 삶이 아름답고 행복하리라는 분명한 목표와 믿음이 없으면 더 이상 가능하지 않은 희생정신이고, 따라서 그는 무엇보다도 그의 이웃들과 그가 살고 있는 사회를 내몸처럼 사랑하게 된다. 이 세상에서 가장 고귀하고 위대한 사람은 '사랑의 전도사들'이며, 이 '사랑의 전도사들'은 자기 자신의 단 하나뿐인 목숨을 바쳐 '사랑의 선물'을 안겨주고 떠나갔던 것이다. 아름다움도 사랑의 선물이고, 행복도 사랑의 선물이다. 놀이문화도 사랑의 선물이고, 이타적인 자기 희생도 사랑의 선물이다.

우리가 살고 있는 곳은 약속의 땅이 되고, 태양은 믿음과 희망으로 떠오른다. 새들도 사랑으로 노래하고, 모든 동식물들도 사랑으로 보금자리를 꾸민다. 밤 하늘의 별들도 사랑으로 빛나고, 모든 선남선녀들은 사랑으로 가장 아름답고 행복한 마을을 가꾼다.

이병연 시인의 말대로, "사랑한다는 말이/ 사랑이라는 선물을 안겨"주고, 이 세상에서 가장 아름답고 행복한 마을을 연출해낸다.

한국은 점점 더 아시아의 불량국가로 전인류의 조롱거리가 되어간다. 일본의 아베가 가장 존경하는 인물은 유병언, 조희팔, 이명박, 박근혜, 노무현, 안희정, 오거돈, 이광재, 김홍걸, 박원순 등 파렴치범이라고 한다. 한평생 국가와 민족을 위해 봉사했다는 정치인들아! 제발 사사건건 뇌물만 챙기지 말고, 어떻게 하면 일등국가—일등국민의 나라를 만들지 공부 좀 하란 말이다. 이 수치심을 잃어버린 돌대가리 백치들아!!

정상하
해피 버쓰데이

막 태어난 아기가 힘차게 울었다
아기 뒤를 따라 엄마가 태어났다
멋쩍게 웃는 아빠가 태어났다

여름이 아기를 따라 태어났다
똥 싸고 하품하고 쪽쪽 자랐다
침대와 기저귀와 우유병이 자랐다
엄마와 아빠가 자랐다

인간의 사유가 우주왕복선이라면 인간의 상상력은
우주왕복선을 쏘아올리는 엔진이라고 할 수가 있다.
모든 사유는 상상력에 기초해 있고, 상상력은 모든 천
재적인 힘의 아버지라고 할 수가 있다. 비행기를 만들
고 우주왕복선을 만든 것, 전자계산기를 만들고 컴퓨
터를 만든 것, 수많은 신화와 종교를 만들고 이상적인
낙원을 만든 것, 지혜를 창출해내고 시와 노래와 문화
를 창출해낸 것, 이 모든 것이 상상력의 산물이 아니라
면 그 무엇이란 말인가?

　　상상력을 가진 자가 변화와 혁신을 이끌어내고, 상
상력을 가진 자가 돈과 명예와 권력을 움켜쥔다. 상상
력이 새로우면 시인도 될 수 있고, 소설가도 될 수 있
다. 상상력이 새로우면 천체물리학자도 될 수 있고, 심
리학자도 될 수 있다. 부처도, 예수도 될 수 있고, 천
하무적의 장군도, 영원한 황제도 될 수 있다. 상상력

은 천 개의 팔과 다리를 지녔고, 상상력은 빛보다도 더 빠른 속도를 지녔다. 상상력은 백억 광년을 단 한 순간에 날아갈 수 있고, 상상력은 언제, 어느 때나 살아 움직이는 공기와도 같다. 상상력은 모든 형상으로 자유자재롭게 변신할 수 있고, 상상력은 영원한 황제의 관을 쓰고 다닌다.

정상하 시인의 「해피 버쓰데이」를 읽다보면, 이 세상은 영원한 동요의 나라와도 같다. 갓 태어난 아기가 힘차게 우는 주인이 되고, 엄마와 아빠는 그 다음에 태어나는 아기가 된다. 아기가 태어났으니까 엄마와 아빠가 태어난 것이고, 엄마와 아빠가 태어났으니까 아기가 영원한 주인이 되는 것이다. 언제, 어느 때나 엄마와 아빠는 내 말을 잘 듣고, 내 명령에 잘 따르지 않으면 안 된다. 주인과 하인, 부모와 아기의 관계는 역전되고, 시간은 현재에서 과거로 흘러가며 어린 아기는 늙지도 않는다. 한 해를 살고, 두 해를 살고 엄마와 아빠가 될수록 더욱더 어린 아기가 되고, 이 세상의 영원한 동요를 부르지 않으면 안 된다.

여름도 아기를 따라 태어났고, 똥 싸고 하품하고 쭉쭉 자랐다. 침대와 기저귀와 우유병도 자라났고, 엄마와 아빠도 자라났다. 학교와 군대와 병원도 자라났고, 노벨상과 대시인의 월계관도 자라났다. 한라산과 금강산도 자라났고, 백두산과 묘향산도 자라났다. 미국과 일본도 한반도에 예속되고, 중국과 인도의 무사들이 다 찾아와 충성을 맹세한다.

정상하 시인의 「해피 버쓰데이」는 어른이 어린 아기가 되어, 그 어린 아기의 입장에서 부른 영원한 동요라고 할 수가 있다. 엄마와 아빠가 어린 아기의 부하가 된 동요, 여름과 침대와 기저귀와 우유병이 자라나고 무대배경과 소도구가 된 동요—. 모든 가치관이 전복되고 기상천외하고 이채로운 상상력의 혁명이 펼쳐진다.

정상하 시인의 「해피 버쓰데이」는 우리 한국인들의 영원한 황제의 대관식이자 그 축하의 노래—. 즉, 영원한 동요라고 할 수가 있다.

어린 아기는 어린 아기이고, 우리 한국인들의 최초의 아버지이자 영원한 제국의 황제이지 않으면 안 된다.

해피 버쓰데이!

해피 버쓰데이!

로마 교황이 선창을 하고, 스탈린과 히틀러가 따라

부른다.

삼천리 금수강산, 아니, 오대양 육대주, 아니, 이 세
상과 저 세상, 우주공화국이 영원토록 화려하게!!

황규관
품어야 산다

어머니가 배고픈 아기에게 젖을 물리듯
강물의 물살이 지친 물새의 발목을
제 속살로 가만히 주물러주듯

품어야 산다.

폐지 수거하다 뙤약볕에 지친
혼자 사는 103호 할머니를
초등학교 울타리 넘어 온 느티나무 그늘이
품어주고,

아기가 퉁퉁 분 어머니 젖가슴을
이빨 없는 입으로 힘차게 빨아대듯
물새의 부르튼 발이
휘도는 물살을 살며시 밀어주듯

품어야 산다.

막다른 골목길이 혼자 선 외등을 품듯
그 자리에서만 외등은 빛나듯
우유 배달하는 여자의 입김으로
동이 트듯

품는 힘으로
안겨야 산다.

우리는, 모든 사물은 약하게 태어났으므로 무리를 지어야 하고, 무리를 지어야 하기 때문에 서로가 서로를 돕지 않으면 안 된다. 모래는 모래끼리 모여 살고, 몽돌은 몽돌끼리 모여 산다. 코끼리는 코끼리끼리 모여 살고, 소나무는 소나무끼리 모여 산다.

약한 자는 강한 자의 품에 안겨야 하고, 강한 자는 약한 자를 품어야 한다. "어머니가 배고픈 아기에게 젖을 물리듯/ 강물의 물살이 지친 물새의 발목을/ 제 속살로 가만히 주물러주듯// 품어야 산다." "폐지 수거하다 뙤약볕에 지친/ 혼자 사는 103호 할머니를/ 초등학교 울타리 넘어 온 느티나무 그늘이/ 품어주고," "아기가 퉁퉁 분 어머니 젖가슴을/ 이빨 없는 입으로 힘차게 빨아대듯/ 물새의 부르튼 발이/ 휘도는 물살을 살며시 밀어주듯// 품어야 산다." "막다른 골목길이 혼자 선 외등을 품듯/ 그 자리에서만 외등은 빛나듯/ 우유 배달하는 여자의 입김으로/ 동이 트듯// 품는 힘으로/ 안겨야 산다."

　'품다'는 어머니의 역할이 되고, '안기다'는 아기의 역할이 된다. 어머니는 모든 자식들을 다 품는 사람이 되고, 아기는 어머니의 품에 안겨 젖을 빨아야 한다. 보호하는 자와 보호받는 자, 돕는 자와 도움을 받는 자는 강한 자와 약한 자로 분류할 수가 있지만, 그러나 강한 자와 약한 자가 어머니와 아기의 역할처럼 고정되어 있는 것은 아니다. 어떤 때는 약한 자도 도움을 주는 사람이 될 수 있고, 어떤 때는 강한 자도 도움을 받는 사람이 될 수 있다. 사회는, 이 세계는 천적과 먹이사슬의 관계처럼 '투쟁 속의 조화'를 이루지 않으면 안 되고, 이 '투쟁 속의 조화'는 상호공생의 근거가 된다. 투쟁 속의 조화가 무너지면 모든 생태환경이 무너지고, 이 세계의 삶은 끝장이 난다. 어머니만 있고 아기가 없다면 어떻게 되고, 아기만 있고 어머니가 없다면 어떻게 될까? 호랑이만 있고 토끼만 있다면 어떻게 되고, 강물만 있고 물새가 없다면 어떻게 될까? 물새만 있고 강물이 없다면 어떻게 되고, 막다른 골목만 있고 외등이 없다면 어떻게 될까?

황규관 시인의 「품어야 산다」는 '품다'와 '안기다'의 변증법을 통해, '품다의 미학'을 정립해낸 시라고 할 수가 있다. '품어야 산다'는 너무나도 역동적인 이 세상의 삶의 찬가가 되고, 이 찬가의 힘으로 어머니가 배고픈 아이에게 젖을 물리듯, 혼자 사는 103호 할머니를 느티나무 그늘이 품어주듯, 막다른 골목길이 혼자 선 외등을 품듯, 우유 배달하는 여자의 입김으로 먼동이 트듯, 이 세상의 삶의 조화가 이루어진다.

'품어야 산다'는 것은 자기 헌신과 자기 희생 없이는 불가능한 말이며, 우리 인간들의 이기적인 욕망과 상호대립과 적대감을 대청소하는 말이지 않으면 안 된다. '품어야 산다'는 말은 '나'를 버림으로써 '우리들의 희망'을 살려내고, 이 '희망'을 통해 먼동이 트듯 아침 해를 떠오르게 하는 말이지 않으면 안 된다. 상생과 공생—, 이 공동체의 의지와 희생정신이 황규관 시인의 「품어야 산다」의 시적 승리라고 할 수가 있다.

모든 슬픔과 고통, 모든 우울함과 쓸쓸함이 다 사라지고, 인간과 인간에 대한 믿음과 신뢰, 이 세상의 삶에 대한 기쁨이 샘솟아 오른다.

김종겸
작업복

시장 좌판에서 골라온 옷과 노는 오후
한 다발의 먼지와 땀이 햇볕에 빳빳이 깃을 세우
고 있다

노동의 끝이 보이는 저물녘
한 모금의 생수로 목을 축이고
논둑에 퍼질러 앉아 담배를 피워 문다

누가 찾아와 쓰다듬어 주지 않는 질경이, 쑥부쟁이,
민들레, 망초
싱거운 것들이 땀 냄새 가득한 내 곁에 앉아 있다

나하고 잘 맞는다
편하다

싸구려라서 좋다

고귀하고 위대한 시인의 길은 그 사람의 출신성분과 학력 따위는 문제가 되지 않으며, 그가 어떠한 삶의 자세로 자기 자신의 행복을 연주하고 있는가에 달려 있다고 해도 과언이 아니다. 나쁜 음식과 나쁜 옷, 그리고 풍찬노숙風餐露宿의 삶은 그의 행복의 조건인데, 왜냐하면 그 어렵고 힘든 생활일수록 더욱더 고귀하고 위대한 시인의 길을 갈 수가 있기 때문이다.

어렵고 힘든 삶을 최선의 삶으로 변모시키는 것, 바로 이것이 모든 고귀하고 위대한 시인의 길이라고 할 수가 있는 것이다. 데카르트, 칸트, 헤겔, 스피노자, 마르크스, 니체, 쇼펜하우어, 보들레르, 랭보, 반 고흐, 폴 고갱 등의 생애와 그들의 삶을 살펴보면 자기 스스로 최하천민의 삶을 선택했으면서도 이 최하천민의 삶을 극복하고 영원불멸의 사상과 예술작품을 남겼던 것이다.

김종겸 시인의「작업복」은 이 세상에서 가장 고귀하고 위대한 시인(언어의 사제)의 옷이라고 할 수가 있다. "시장 좌판에서 골라온 옷과 노는 오후"는 가장 행복한 오후이며, 작업복과 자기 자신을 일체화시키는 시간이라고 할 수가 있다. 옷과 무한한 대화를 나누며, 그 옷의 날개를 달고 미래의 꿈과 희망이 펼쳐지는 푸르고 푸른 하늘로 날아간다. 이 세상에서 가장 좋은 옷은 몸에 맞는 옷이며, 몸에 맞는 옷은 그의 일터의 신성함과 즐거움과 기쁨, 그리고 행복이 샘솟아 나오는 옷이라고 할 수가 있다. "한 다발의 먼지와 땀이 햇볕에 빳빳이 깃을 세우고", "노동의 끝이 보이는 저물녘/ 한 모금의 생수로 목을 축이고/ 논둑에 퍼질러 앉아 담배를 피워 문다." 이 세상에서 가장 소중한 기쁨은 일의 기쁨이고, 이 세상에서 가장 소중한 휴식은 일이 끝난 다음 생수를 마시며, 담배 한 대를 피워 무는 기쁨이다. 노동의 어려움과 생활의 어려움이 끼어들 여지가 없고, 더럽고 추한 옷과 땀에 밴 몸 같은 것도 아무런 문제가 되지를 않으며, 이 세상의 삶의 기쁨과 미래의 희망과 용기가 가득차게 된다. 이러한 삶의 충만함과 미래의 희망과 용기가 "누가 찾아와 쓰다듬어 주

지 않는 질경이, 쑥부쟁이, 민들레, 망초/ 싱거운 것들
이 땀 냄새 가득한 내 곁에 앉아 있다// 나하고 잘 맞
는다/ 편하다// 싸구려라서 좋다"라는「작업복」의 아름
다움으로 활짝 피어난다. 아름다움은 우연이 아니며,
까마득한 존재의 벼랑 끝, 그 '역경주의'에서 꽃 피어
난다. "싸구려라서 좋다"의 당돌함과 최고급의 인식의
전환―. 바로 이것이 만인들의 반대방향에서, 즉, 최하
천민의 삶을 가장 고귀하고 위대한 시인의 삶으로 창
출해내게 된 것이다.

  "나하고 잘 맞는다/ 편하다// 싸구려라서 좋다." 더
이상의 군말이 필요없고, 싸구려가 가장 좋고, 가장 아
름답고, 가장 훌륭한 것이다. 데카르트, 칸트, 헤겔,
스피노자, 마르크스, 니체, 쇼펜하우어, 보들레르, 랭
보, 반 고흐, 폴 고갱 등의 사상들도 만인들의 심금을
울리지 않았더라면 다만 휴지조각에 지나지 않았을 것
이다. 단 한 번뿐인 인생, 아름답고 행복한 삶을 위해
목숨을 걸면 아름답고 훌륭한 시는 저절로 씌어진다.
김종겸 시인의「작업복」은 노동자의 용기와 존재론적
정당성, 그 삶의 기쁨과 행복이 담겨 있는 시이며, 돈
과 명예와 권력이라는 기존의 가치를 전복시킨 시라고

할 수가 있다.

　노동자의 옷은 몸에 맞는 옷이 가장 좋은 옷이며, 싸구려라 가장 신성하고 값비싼 옷이 될 수 있는 것이다.

신수옥
운전면허증

발바닥이 지구를 밟고 튀어오른다
열쇠를 꽂고
백미러 사이드미러 맞출 때
온 세상이 환하게 빛난다

가지가 돋아나기 시작하더니
꽃들이 피어난다
부르릉 하늘 위로 날아올라
구름 위에 올려놓는다
부드럽게 핸들을 돌려
하늘가 순환 레일 위를 흐른다

백 투 더 퓨쳐, 백 투 더 패스트
빙글빙글 우주가 열린다
시공이 합일하는 순간

꽃잎들이 흩날린다

멈추지 못하고 달린다
깊고 깊은 하늘
숨겨진 꽃밭 한 가운데
치맛자락 휘날리며 춤을 춘다

가둘 수 없는 무한의 세계
누구도 열쇠를 뺄 수 없다

새처럼 자유롭게 하늘을 날아다닐 수도 없고, 기린처럼 키가 큰 것도 아니다. 코끼리처럼 힘이 세고 덩치가 큰 것도 아니고, 호랑이처럼 가장 날카로운 이빨과 앞발을 지닌 것도 아니다. 상어나 돌고래처럼 자유롭게 헤엄을 칠 수도 없고, 사슴이나 치타처럼 가장 재빠르게 초원을 달릴 수도 없다. 인간은 모든 동물들 중에서 가장 약한 동물에 지나지 않지만, 그러나 사유하는 능력과 도구를 사용하는 능력 때문에 만물의 영장이 되었다고 할 수가 있다.

따지고 보면 이 세계는 인간이 창조한 것이고, 모든 사물의 생리와 자연의 이치는 인간의 명령에 따라 운행하는 것에 지나지 않는다. 하늘이 있으라 하니 하늘이 있게 된 것이고, 땅이 있으라 하니 땅이 있게 된 것이며, 새가 있으라 하니 새가 있게 된 것이다. 풀과 나무가 있으라 하니 풀과 나무가 있게 된 것이고, 강과 바다와 호수가 있으라 하니 강과 바다와 호수가 있게 된 것이며, 상어와 돌고래가 있으라 하니 상어와 돌고래가 있게 된 것이다.

인간의 사유의 산물은 언어이며, 이 언어에 의하여 명명되지 않으면 그 어떤 존재도 존재하지 않는 것이나 마찬가지이다. 사유는 인간을 천지창조주로 만들어 주었고, 두 손은 인간의 사유와 명령을 실천하는 도구가 되어 주었다. 사유는 이론적 실천이 되었고, 두 손은 실천적 이론이 되었다. 인간의 사유와 두 손은 이 세상의 행복을 연주하는 '운전면허증'이라고 할 수가 있다.

신수옥 시인의 가장 아름답고 멋진 「운전면허증」─, 이 운전면허증은 인간 사유의 결정체이며, 이 세상을 자유롭게 날아다닐 수 있는 '만년주유권'이라고 할 수가 있다. "열쇠를 꽂고/ 백미러 사이드미러 맞출 때/ 온 세상이 환하게" 빛나고, "발바닥이 지구를 밟고 튀어오른다." "백 투 더 퓨처, 백 투 더 패스트", 즉, 과거와 미래로의 시간 여행도 자유롭게 할 수 있고, "부르릉 하늘 위로 날아올라" "하늘가 순환 레일 위를" 흐르며, 그 어느 누구도 가로막을 수 없는 "무한의 세계"를 경험할 수 있다.

나는 나이고, 나는 이 세계의 창조주이다. 나는 이 '운전면허증'을 통해 나를 높이 높이 끌어올린다. 나는 가장 행복한 시인이고, 오늘도, 지금 이 순간에도, 가장 아름다운 "치맛자락을 휘날리며 춤을 춘다."

당신이 전인류의 스승이 되고 대한민국이 모든 문화를 주도하는 선진국이 된다면, '친일파'나 '토착왜구척결'을 떠들어 댈 필요조차도 없다.

공부하고, 또 공부해야 할 때, 입에 게거품을 물고 반일감정을 떠들어대는 백치들처럼 해로운 자들도 없다.

당신이, 당신 자신의 '운전면허증'으로 이 세상의 행복을 연주하는 것이 조국과 민족을 위해서 천번, 만번 더 나을 것이다.

전인류의 스승인 한국인들, 이 세계의 고급문화를 주도해가는 한국인들, 모든 세계인들이 우리 한국인들을 존경하고 찬양하게 만드는 것, 바로 이것이 우리 한국인들의 목표가 되지 않으면 안 된다.

홍익인간은 최고급의 문화인이며, 미래의 이상형이며, 전인류의 구원자가 되지 않으면 안 된다.

박해성
좀머 씨는 행복하다

아내가 돌아왔다, 가출한지 삼년 만에
백일쯤 된 아이를 안고 왔다, 반가워서 울었다
아기 냄새가 말랑해서 울었다

나는 딸이 좋은데 아이는 아들이라, 그래도 상관없
다
부러워 마라, 우리는 남자끼리 목욕탕에 갈거다

언놈 자식이냐, 이웃들이 수군거린다
내 아내가 낳았으니 분명 그녀의 아들이다
그녀의 아이는 곧 내 자식이다, 요즘 사람들은
촌수를 제대로 따질 줄 몰라… 안타깝다

그녀와 나는 캠퍼스 커플이다
미대를 수석 졸업한 나는 수석이나 주우러 다녔고

무용을 전공한 그녀는 보험외판계 프리마돈나가 되
었다
'미안해' 밥상 위에 쪽지를 두고 아내가 떠난 후
나는 이 세상 모든 안해에게 미안해했다

요사이 나는 절집 천정에 천룡 그리는 작업을 한다
제석천 운해 속에 용틀임하는 그분의 비늘 한 점
터럭 한 올도 기도하듯 붓질한다 심우도나 지장보살
만다라를 그릴 때도 노래처럼 웅얼웅얼 소원을 빌
었으니
－ 아내가 십리도 못 가 발병 나게 하소서 옴마니반
메훔

봐라, 그녀가 돌아왔다! 오자마자 사흘째 잠만 잔다
잠든 아내 얼굴이 부처를 닮았다, 나는 절로 손을
모은다
아이가 칭얼댄다 기저귀를 갈아야겠다, 랄라

파트리크 쥐스킨트의 『좀머 씨 이야기』는 자유인의 이야기이며, 자유인의 존재 근거를 잃어버리고, 그 쓸쓸한 인생을 마감해야만 했던 이야기라고 할 수가 있다. 아침부터 저녁 늦게까지 일년내내 단 하루도 빠짐없이 돌아다녔던 좀머 씨, 비가 오고 우박이 내리던 어느 날 그것을 보지 못하고 차에 태워주겠다고 하자, "그러니 나를 좀 제발 그냥 놔두시오!"라고 단 한 마디로 거절했던 좀머 씨, 그의 직업이 무엇인지, 그의 출신성분은 물론, 그가 무엇으로 밥을 먹고 사는지 어느 누구도 알 수 없었던 좀머 씨─. 이러한 좀머 씨를 두고 어떤 사람들은 밀실공포증 때문이라고 말했고, 어떤 사람들은 밖으로 돌아다닐 때만 괜찮아지는 온몸의 경련증 때문이라고 말했다. 좀머 씨는 과연 이 세상의 도덕과 관습과 미풍양속으로부터 벗어난 자유인이 되고 싶어했던 것일까? 만일, 그것이 아니라면 자기 자신의 신체적, 정신적 질병 때문에 사회적 부적응자가 되었던 것일까? 진정한 자유인은 선악을 넘어서 행동하고, 기존의 도덕과 관습과 미풍양속을 살해하게 되는 반면, 신체적, 정신적 질병을 앓는 사람들은 그 질병의 한계 때문에 사회적 부적응자가 된다. 자유인은 만인들의 분노와 따돌림의 대상이 되고, 사회적 약자인 환자는 동정과 연민의 대상이 된다. 좀머 씨는 그의 초라한 모습과 그 행동 때문에 사회적 약자인 환자로 낙인을 찍히게 되지만, 그러나 그 어떤 도움도 거절하는 그의 정신에는 이 땅의 어중이 떠중이들이 범접 못할 자유인의 냄새가 배어 있다. "그러니 나를 좀 제발 그냥 놔두시오!"는 어떤 식으로든지 사회적 약자, 즉, 동정과 연민의 대상으로 깎아내리려는 이 땅의 어중이 떠중이들에 대한 단호한 거부의 표시임과 동시에 진정한 자유인의 모습이라고 할 수가 있다. 나는 좀머 씨이고, 좀머 씨는 자기 자신의 아버지이자 전인류의 최초의 조상이었던 것이다. 하지만, 그러나, 이처럼 장중하고 웅장한 기개가 그 설 땅을 잃어버리고 비극적인 자살로 그 생애를 마감해야만 했던 좀머 씨는 오히려, 거꾸로 진정한 자유인의 삶이 어떠한 것인가를 보여주고 있다고 할 수가 있다.

　파트리크 쥐스킨트의 '좀머 씨'가 비극적인 인물이라면 박해성 시인의 '좀머 씨'는 희극적인 인물이라고 할 수가 있다. 고귀하고 위대한 꿈을 추구하다가 그 뜻을 이루지 못한 사람들을 비극적인 인물들이라고 한다면, 자기 자신의 뜻과 신념을 관철하기 위해 온갖 수모와 고통을 겪다가 그 뜻과 신념을 관철해낸 사람들은 희극적인 인물이라고 할 수가 있다. 모든 영웅들의 생애가 비극적이고, 이 땅의 세속적인 성취를 이룬 사람들의 생애가 희극적인 까닭이 여기에 있는 것이다.

　박해성 시인의 「좀머 씨는 행복하다」에 따르면, 나와 아내는 캠퍼스 커플이었고, 나는 미대를 수석 졸업했지만, 그러나 수석壽石이나 주우러 다녔다. 때때로 수석도 돈이 될 수 있겠지만, 그러나 대부분의 수석은 경제적 도움은커녕 호사취미에 지나지 않는다. 내가 미대를 수석 졸업하고 자본주의 사회의 낙제생(부적응자)이 되어 헤맬 때, 무용을 전공한 아내는 예술을 포기한 대신 보험외판계의 프리마돈나가 되었다. 무용을 전공했으니 그 미모는 만인들의 마음을 사로잡고 곧바로 자본주의 사회의 주연배우(프리마돈나)가 될 수밖에 없었던 것이다. 자본주의 사회의 낙제생인 좀머 씨와 자본주의 사회의 프리마돈나는 너무나도 어울리지 않는 짝이었고, 그 결과, 아내는 '미안해'라는 쪽지를 남기고 새로운 환상을 찾아 떠났다.

자본주의 사회의 낙제생인 좀머 씨는 "이 세상 모든 안해에게 미안"했고, 이때의 '안해'는 남편을 버리고 환상을 쫓아 떠난 아내를 뜻한다. 아내는 '안방의 해'를 뜻할 수도 있지만, 그러나 '안해'는 '싫다, 안 하다'의 부정적인 의사표시를 뜻한다. 아내가 떠나가고 좀머 씨는 "절집 천정에 천룡 그리는 작업을" 맡아하게 되었다. "제석천 운해 속에 용틀임하는 그분의 비늘 한 점/ 터럭 한 올도 기도하듯 붓질한다 심우도나 지장보살/ 만다라를 그릴 때도 노래처럼 웅얼웅얼 소원을 빌었으니/ 아내가 십리도 못 가 발병 나게 하소서 옴마니 반메훔"이라는 시구처럼, 오직, 자나깨나 가출한 아내의 되돌아 옴만을 기도하게 되었던 것이다. 옴마니반메훔, 좀머 씨의 간절한 기도는 하늘을 감동시켰고, 그 결과, "가출한지 삼년 만에/ 백일쯤 된 아이를 안고" 아내가 돌아왔던 것이다.

이 세상의 삶의 원동력은 사랑이며, 사랑은 진실이 없으면 그 마음을 움직이지 않는다. 사랑은 진실이며, 진실은 나를 버리고 타인을 끌어안는 이타적인 희생정신이다. 나를 버리고 떠나간 아내를 더 크게 사랑함으로써 좀머 씨는 즉심시불卽心是佛, 즉, 마음이 부처인 자기 자신을 그렸던 것이다. 천룡이 부처가 되고, 부처가 심우도의 주인공이 되고, 심우도의 주인공이 지장보살이 된다. 지장보살이 만다라의 주인공이 되고, 만다라의 주인공이 아내가 되고, 그의 아내가 좀머 씨가 된 기적이 박해성 시인의 「좀머 씨는 행복하다」라는 시를 통해서 일어나게 되었던 것이다.

"아내가 돌아왔다. 가출한지 삼년 만에/ 백일쯤 된 아이를 안고 왔다"의 기적, "반가워서 울었다/ 아기 냄새가 말랑해서 울었다"의 기적, "나는 딸이 좋은데 아이는 아들이라, 그래도 상관없다/ 부러워 마라, 우리는 남자끼리 목욕탕에 갈거다"의 기적, "언놈 자식이냐, 이웃들이 수군거린다/ 내 아내가 낳았으니 분명 그녀의 아들이다/ 그녀의 아이는 곧 내 자식이다"의 기적, "봐라, 그녀가 돌아왔다! 오자마자 사흘째 잠만 잔다/ 잠든 아내 얼굴이 부처를 닮았다. 나는 절로 손을 모은다"의 기적, "아이가 칭얼댄다 기저귀를 갈아야겠다, 랄라"의 기적—.

사랑은 천의 얼굴을 가진 부처이며, 모든 기적의 연출자이다. 자본주의 사회의 낙제생인 좀머 씨를 위해서 입신출가했고, 그 결과, 사랑하는 아들을 안겨준 아내, 이 부처와 부처 사이에 그 어떤 질투가 끼어 들 수 있겠으며, 이 사랑의 고귀함과 위대함 속에 그 어떤 씨족과 가문의 전통과 사회적 관습 따위가 끼어 들 여지가 있겠는가? 사랑은 기적이고, 모든 씨족, 혈연주의, 상하의 관계, 선과 악, 도덕과 부도덕 등의 사회적 관습을 초월한다. 아내와 좀머 씨는 일심동체이고, '아내의 자식은 내 자식이다'라는 삼단논법의 진리가 「좀머 씨는 행복하다」에 각인되어 있고, 또한, 그 시를 통해서 옴마니반메훔, 그 지극정성의 소원으로, 천룡, 심우도, 지장보살, 만다라를 그리며, 그 그림의 주인공인 새 부처, 즉, 좀머 씨의 프리마돈나를 창출해내게 된 것이다.

인생은 예술이고, 인간은 자기 자신이라는 '예술작품'을 남기고 죽는다. 어느 누가 알아주건, 알아주지 않건 간에, 자기 자신의 인생을 후회없이, 더없이 착하고 성실하게 살다 갔다면 그의 예술작품은 대성공이며, 행복의 보증수표라고 할 수가 있다. 그의 한 마디, 한 마디의 말은 군더더기가 하나도 없을 것이고, 그의 삶의 길은 참으로 고귀하고 위대한 시인의 길이 될 것이고, 그의 삶의 철학은 이 세상의 진리학교의 기본교과서가 될 것이다. 문체는 시인의 생명이고, 대동맥이며, 실핏줄과도 같다. 박해성 시인의 문체에는 반어와 삼단논법, 직유와 은유, 풍자와 해학, 큰 상징과 작은 상징, 말놀이와 기지, 불교철학과 실존철학이 배어있고, 너무나도 거침이 없고 자유자재롭다. 크고 작은 낙숫물이 바위를 뚫듯이, 그것은 오랜 절차탁마의 결과이고, 그 결과, 그의 '사상의 꽃'인 '좀머 씨의 행복론'이 탄생하게 된 것이다. 자본주의 사회의 희극배우인 좀머 씨가 그 어릿광대의 탈을 벗어버리고, 그 모든 반목과 편견과 적대감정들을 대청소해버리고 새로운 문화적 영웅으로 탄생하게 된 것이다.

자본주의 사회의 낙제생의 탈을 벗어버린 좀머 씨 부처, 영원한 프리마돈나인 아내 부처, 새로운 미래의 부처인 어린 아들——, 이 '삼불상三佛像'은 박해성 시인의 시적 승리이자 영원한 행복의 초상이 될 것이다.

너무나도 아름답고 감동적인 자유인 좀머 씨, 자유
인의 길은 멀고 험하지만, 그러나 이 자유인의 길에는
영원한 행복이 있게 될 것이다.

채만희

회룡포 뽕뽕다리

회룡포에는 **뽕뽕다리**가 있다
풍풍이란 다리 이름이 **뽕뽕**으로 변한 것은
오랜 세월 밟히다 보니 사람들이 디딜 때마다
풍풍으로 나던 소리가
뽕뽕으로 나기 때문이리라
사람들은 다리를 통하여 강을 건너가고 건너온다
뽕뽕소리를 들으면서 **뽕뽕**다리를 건넌다
이쪽에서 저쪽으로
저쪽을 데리고 이쪽으로 오는 것이다
이쪽과 저쪽을 오갈 수 있는 것은
다리가 있기 때문이다
그러나 사람들은 다리에는 관심이 없다
이쪽에서 저쪽에만
혹은 저쪽에서 이쪽만 카메라렌즈를 맞출 뿐이다

돌아보니 다리 같은 삶이었다

나를 밟고 지나간 많은 사람들은
이쪽에서 저쪽으로 건널 때마다
퐁퐁 소리를 듣다가
어느 땐가 **뽕뽕** 소리를 들었으리라
나는 이제 내 몸에서 나는 **뽕뽕** 소리를 듣는다

　　　　📖

　　회룡포는 경북 예천에 있는 마을의 이름이지만, 매
우 아름답고 이채롭게도 육지 안에 있는 섬마을처럼
보인다. 낙동강의 지류인 내성천이 태극모양으로 휘감
아 돌아 모래사장을 만들고 거기에 회룡포 마을이 들
어선 것이다. 내성천의 강물이 유유히 흐르다가 갑자
기 방향을 틀어 둥글게 원을 그리고 상류로 거슬러 흘
러가는 매우 아름답고 이채로운 풍경이 펼쳐지며, 이
회룡포의 풍경을 제대로 보려면 천년사찰이 있는 장안
사의 회룡대에 올라가야 한다. 회룡포 마을 오른편에
는 울창한 숲이 있고, 5만평 정도의 논과 밭이 있으며,
맑고 깨끗한 강물과 드넓은 모래사장이 펼쳐져 있다.
　　채만희 시인의 「회룡포 뿅뿅다리」는 머나먼 그 옛날
의 동화적 색채를 띠며 매우 부드럽고 경쾌하게 그 이
야기를 전개시켜 나가지만, "그러나 사람들은 다리에
는 관심이 없다/ 이쪽에서 저쪽에만/ 혹은 저쪽에서 이

쪽만 카메라렌즈를 맞출 뿐이다"라는 시구를 통해 극적으로 그 이야기를 반전시켜나간다. 요컨대 「회룡포 뽕뽕다리」는 수많은 사람들에게 박해받는 다리가 되고, '퐁퐁다리'는 "오랜 세월 밟히다 보니 사람들이 디딜 때마다/ 퐁퐁으로 나던 소리가/ 뽕뽕으로" 그 신음소리를 토해내게 되었던 것이다.

　"도구는 생명 없는 노예이고, 노예는 생명 있는 도구이다"라는 아리스토텔레스의 말도 있고, "동물들에게는 가끔 변질이 있으나 결코 윤회는 없다. 그리고 영혼들의 윤회도 없다"라는 라이프니츠의 말도 있다. '뽕뽕다리'는 생명 없는 노예가 되고, 생명 있는 노예는 시적 화자가 된다. 회룡포에는 뽕뽕다리가 있고, "퐁퐁이란 다리 이름이 뽕뽕으로 변한 것은/ 오랜 세월 밟히다 보니 사람들이 디딜 때마다/ 퐁퐁으로 나던 소리가/ 뽕뽕으로 나기 때문"이었다. 퐁퐁이란 공기가 제대로 주입된 바퀴처럼 탄력적이지만, 뽕뽕이란 가느다란 실펑크가 나고 그 공기가 빠져나가는 소리와도 같다. 아무튼 사람들은 이 뽕뽕다리를 통하여 강을 건너가고 강을 건너온다. 뽕뽕소리를 들으면서 뽕뽕다리를 건너며, "이쪽에서 저쪽으로/ 저쪽을 데리고 이쪽으로 오는 것이다." 수많은 사람들이 이쪽에서 저쪽으로, 혹은 저쪽에서 이쪽으로 오갈 수 있는 것은 뽕뽕다리가 있기 때문이지만, 그러나 수많은 사람들은 뽕뽕다리에는 관심이 없다. 왜냐하면 다리는 노동의 가치만 있고, 그 노동력을 상실하면 새로운 다리로 교체하면 그만이기 때문이다.

선한 사람들은 너무나도 일찍 죽고, 악한 사람들은 너무나도 오래 산다. 약육강식의 사회는 수많은 착취와 학대와 약탈을 합법화시키고 있는 사회이며, 소수의 부자들의 이익을 위하여 수많은 착취와 학대와 약탈을 끊임없이 확대 재생산하는 사회이다. 이쪽과 저쪽, 혹은 이 낙원과 저 낙원, 즉, 잉여가치를 생산하고 또 생산하는 곳에만 관심이 있지, '풍풍소리'에서 '뽕뽕'의 신음소리로 바뀐 다리(노예)에는 관심이 없다.

채만희 시인은 「회룡포 뽕뽕다리」를 통해서 자기 자신의 삶을 되돌아 보며, 끊임없이 이용만을 당해온 자기 자신의 삶을 되돌아 본다. "돌아보니 다리 같은 삶이었다"라는 시구에는 너무나도 어렵고 힘든 삶만을 살아온 자의 회한과 그 탄식의 아픔이 배어 있는 것이다. 동화처럼 아름답고 풍요로운 나라는 없고, 따지고 보면 동화처럼 아름답고 풍요로워 보이는 나라가 더없이 착하고 선량한 인간들을 끊임없이 학대하고 착취하는 야만의 나라에 지나지 않았던 것이다. 돈 많은 부자가 황금의자와 황금옷을 입고 수많은 착취와 학대와 약탈을 일 삼는 것처럼 아름다운 마을과 아름다운 미풍양속이 너무나도 끔찍하고 잔인한 잔혹극을 생산해내고 있었던 것이다.

노예, 혹은 **뽕뽕**다리는 황금을 실어나르는 황소가 되고, 그 노동력을 상실하면 곧바로 푸줏간으로 팔려나간다.

"돌아보니 다리 같은 삶이었다." 그렇다. 퐁퐁에서 시작하여 **뽕뽕**으로 끝나는 인생이 있었던 것이다.

장발장처럼 빵 한 조각을 훔치거나 10만원, 또는 100만원을 훔치면 일벌백계의 중죄로 다스려지지만, 천억원이나 수천억원을 떼어먹으면, 마치 그는 문화적 영웅처럼 대접을 받게 된다. '열흘 굶어서 도둑질하지 않을 사람은 없다'라는 말도 있지만, 그러나 오늘날 대다수의 사람들은 비록, 열흘을 굶고, 굶어죽게 될지라도 절대로 도둑질을 하지 않는다. 이른바 자본주의 사회의 윤리 교육의 효과인 것이다.

　　— 『반경환 명언집』 2에서

한현수

눈물만큼의 이름

꽃 이름 하나가 기억에서 없어진다
기다려도 꽃 이름을 불러 낼 수 없다
내게 무슨 일이 일어난 걸까?

누군가의 문밖에서
누군가의 이름을 불러낼 수 없는 경우를 생각한다

주소록 뒤지듯 식물도감을 펼쳐보지 않기로 한다
좀 더 기다리기로 한다 문밖에서, 그 이름이 걸어 나
올 때까지
꽃은 그렇게 얻는 이름이어야 하니까

눈을 감는다, 나무처럼 기다리는 자리에서
나는 그 이름과 똑같은 꽃을 피우는 상상을 한다
오지 않는 이름을 기다리며

땅바닥에 꽂혀있는 꽃을 밟으며 걷는다
꽃은 꽃을 상상하도록 두두둑
두두둑,

발끝에서 부서지는 이름 하나
혀끝에 맺힌다, 눈물만큼의 이름

거꾸로 매달렸다가 하얗게 직선으로 추락하며
망각에 저항하는 이름

꽃이 나의 *해마 속으로 떨어진다
나비 한 마리 끌어안고 있다

* 기억을 담당하는 뇌의 공간.

선험적 종합판단이란 무엇일까? 선험적 종합판단이란 경험과 무관하면서도 진리임이 분명한 판단이며, 모든 사건은 원인을 갖는다는 것이 그 좋은 예가 될 것이다. 연기를 보면 불이 났다는 것을 알 수가 있고, 산정 호수의 얼음이 녹으면 봄이 왔다는 것을 알 수가 있다. 비가 오면 운동경기가 열리지 않는다는 것을 알 수가 있고, 태풍이 불면 배가 출항하지 못한다는 것을 알 수가 있다.

선험적 종합판단이란 인과론에 근거한 판단에 지나지 않으며, 모든 사건은 원인을 갖는다는 말 자체도 경험의 한계 내에서 그 타당성을 입증할 수 있는 진리에 지나지 않는다. 아버지의 아버지, 즉, 최초의 아버지는 누구이고, 이 세상을 창조한 천지창조주는 누구이며, 과연 최초의 원인이란 무엇이란 말인가? 본질은 찾아져야 하지만, 본질은 찾을 수가 없다는 회의주의가 자연과학의 진리보다는 더욱더 그 타당성을 띠게 된다. 좀더 정확하게 말해서 인과론이란 공허한 헛소리이며, 이성의 광기에 지나지 않는다.

만일, 그렇다면 한현수 시인의 「눈물만큼의 이름」은 무엇이며, 그 꽃의 이름이란 도대체 무엇이란 말인가? "발끝에서 부서지는 이름 하나/ 혀끝에 맺힌다, 눈물만큼의 이름"은 실체는 있되 이름이 없는 꽃이며, "꽃 이름 하나가 기억에서 없어진다/ 기다려도 꽃 이름을 불러 낼 수 없다"라는 시구에서처럼, 기억에서 사라진 꽃 이름이라고 할 수가 있다. "내가 그의 이름을 불러주기 전에는/ 그는 다만/ 하나의 몸짓에 지나지 않았다"라는 김춘수의 시가 있듯이, 이름이 없는 꽃은 꽃이 아니며, 우리는 이름을 통해서 그 대상을 자기 앎의 보호 아래 둔다. 이름이 없는 것은 미지이고, 두려움이고, 공포의 대상이 되고, 이름이 있는 것은 앎의 대상이고, 친숙함이고, 유용함의 대상이 된다.

만일, 그렇다면 한현수 시인은 왜, 꽃 이름 하나가 기억에서 사라졌다고 말하고 있는 것이며, 왜, 그 기억에서 사라진 꽃 이름을 그처럼 간절하게 찾고 있는 것일까? "꽃 이름 하나가 기억에서 없어진다/ 기다려도 꽃 이름을 불러 낼 수 없다." "주소록 뒤지듯 식물도감을 펼쳐보지 않기로 한다/ 좀더 기다리기로 한다 문밖에서, 그 이름이 걸어 나올 때까지." "눈을 감는다, 나무처럼 기다리는 자리에서/ 나는 그 이름과 똑같은 꽃을 피우는 상상을 한다/ 오지 않는 이름을 기다리며"가 그것을 말해준다. 우리 인간들의 마음은 늘, 항상 자기 자신에게 가장 소중한 것, 즉, 그 인식과 경제의 보물창고에 가 있게 된다. 왜냐하면 보물이란 잉여가치와 휴식의 물적 토대이자 사랑과 행복과 평화의 보증수표이기 때문이다. 따라서 '눈물만큼의 이름'은 꽃이자 보물이며, 그처럼 간절하게 찾고 기다리는 실체가 된다.

하지만, 그러나 한현수 시인의 꽃은 이름도 없고, 실체도 없는 가상, 즉, 이데아의 존재에 지나지 않는다. 비록, "땅바닥에 꽂혀있는 꽃을 밟으며 걷는다/ 꽃은 꽃을 상상하도록 두두둑/ 두두둑"이나, "발끝에서 부서지는 이름 하나/ 혀끝에 맺힌다, 눈물만큼의 이름"이라는 시구에서처럼 그 실체가 있는 것처럼 보일지라도 그 꽃은 이 세상 어디에도 존재하지 않는 꽃에 지나지 않는다. 혹자는 장미를 꽃 중의 꽃이라고 말하고, 혹자는 양귀비를 꽃 중의 꽃이라고 말한다. 혹자는 모란을 꽃 중의 꽃이라고 말하고, 혹자는 수선화를 꽃 중의 꽃이라고 말한다. 과연 이 세상에서 가장 아름다운 꽃은 어떤 꽃이며, 어느 누가, 그 어떤 기준으로 꽃 중의 꽃을 명명할 수가 있을까? 꽃 중의 꽃은 무결점의 꽃이며, 너무나도 아름답고, 형상과 본질이 일치하지 않으면 안 된다. 따지고 보면 꽃은 식물의 생존의 결정체이며, 이 꽃과 저 꽃은 비교의 대상이거나 가치평가의 대상이 아니다. 모든 꽃은 다 아름답고 완전하며, 그 역할, 그 입장, 그 위치에 따라서 최선의 노력을 다 한다. 본질은 찾아져야 하지만 본질은 찾을 수가 없다는 회의주의 자체도 자기 자신의 역할 이상을 꿈꾸는 탐욕과 이성의 광기에 지나지 않는다.

꽃 이름 하나가 기억에서 없어진 것도 아니고, 기다려도 꽃 이름을 불러낼 수 없는 것도 아니다. 주소록을 뒤지듯 식물도감을 펼쳐보면 꽃 이름이 나오고, 문밖에서 기다리면 꽃 이름이 걸어나온다. 땅바닥에 꽂혀 있는 꽃을 밟으면 꽃 이름이 생각나고, "발끝에서 부서지는 이름 하나", "눈물만큼의 이름"은 그 어디에나 존재한다. 자기 자신의 불완전성을 자각한 인간이 그 불완전성을 극복하기 위하여 종교와 신화를 연출해내고 그 앎과 지혜의 이론을 정립했듯이, 이 세상의 모든 존재와 가치와 한계와 현실을 부정하고 하나의 가상으로서 전지전능한 존재, 즉, 이데아(신)를 상정해낸 것에 지나지 않는다.

임마누엘 칸트는 형이상학의 독단론을 비판하며 그 비판철학을 완성해냈고, 프리드리히 니체는 하늘에서 땅으로 내려오는 형이상학적 사변철학을 비판하며, 이 땅에 두 발을 튼튼히 내린 '초인의 상'을 제시한 바가 있다. 장미꽃도, 양귀비도 꽃 중이 꽃이고, 모란도, 수선화도 꽃 중의 꽃이다. 호박꽃도, 독버섯도 꽃 중의 꽃이고, 사람도, 토끼도 꽃 중의 꽃이다. 잡초도, 나무도 꽃 중의 꽃이고, 바위도, 모래도 꽃 중의 꽃이다. 이 세상이 그토록 아름답고 풍요로운 것은 '망각에 저항하는 이름', 즉, '눈물만큼의 이름'들을 가지고 있기 때문이다.

모든 꽃은 다 꽃 중의 꽃이며, 그 꽃의 한계를 극복하려고 자기 자신의 이름을 잊는다. 날이면 날마다 새로운 상상으로 새로운 이름을 기다리며, 그 「눈물만큼의 이름」을 갖는다.

꽃은 열정이며, 생존의 결정체이며, 종의 번영과 영

광을 위해 최선의 노력을 다한다. 한현수 시인의 「눈물 만큼의 이름」은 꽃의 본질을 탐구하는 시이며, 형이상학의 결정체(꽃)라고 할 수가 있다.

꽃이, '사상의 꽃'인 시가 향기롭고, 언제, 어느 때나 벌과 나비가 날아온다.

이서빈

함께, 울컥

함께라는 말에는 따뜻한 체온이 숨 쉬지
자음모음의 합계는 자음모음이지만
자음모음의 함께는 어떤 글자도 다 만들 수 있지

함께는 숨결이고 물이고 햇빛이지
함께라는 이 짧은 음절은 울컥이란 神이 사는 신전
이지

세평 구둣방서 21년 동안 구두 5천 켤레 고치고 닦
아 평생 번 3만3천 평 땅
코로나로 힘든 이웃 위해 써달라고 기부한 울컥씨
4년간 모은 10원 5백원짜리 코 묻은 저금통 기탁하
면서 도움주고 싶다는 7살 최울컥
어려운데 써 달라고 1백원 5백원짜리 전달한 취약계
층 울컥독거노인

행정복지센터 찾아와 1백만원 내놓으며 이름 밝히지 않은 무명울컥

꼭 필요한 곳에 쓰이길 바란다며 곰팡이 핀 지폐를 내 놓은 폐지 줍는 굽은등울컥

바자회 열어 수익금 1백 59만원 전한 울컥고등학생

개인 병원 문 닫고 코로나 치료 위해 대구로 달려가는 울컥의료진

이 위기 잘 넘기자고 각 체인점에 힘 한 가마니씩 지원해주는 프렌차이즈 울컥사장

임대료 면제해 주는 울컥주

위험 무릅쓰고 밤낮 코로나 환자들 돌보는 울컥의사 울컥간호사

함께 울컥, 눈물을 제조해

가나다라마바사

가나다라마바사

슬픔 찢고 나온 푸른휘파람

울컥나라 국기에 울컥울컥 희망을 펄럭이고 있네

이서빈 시인의 두 번째 시집의 표제시인 「함께, 울컥」은 세계적인 대유행병인 '코로나' 앞에서 국난극복의 진수를 보여주고 있는 시이며, 그의 인식의 깊이와 역사 철학적인 깊이를 한국문학의 진수로서 보여주고 있다고 할 수가 있다. 이서빈 시인은 "함께는 숨결이고 물이고 햇빛이지"라고 말하고, 또한, 그는 "함께라는 이 짧은 음절은 울컥이란 神이 사는 신전"이라고 말한다. 함께라는 말에는 따뜻한 체온이 숨쉬고, 자음모음의 합계는 단순한 자음모음에 지나지 않지만, 자음모음의 함께는 어떤 글자도 다 만든다. 로빈슨 크루소처럼 무인도에 사는 사람에게는 언어가 필요없을는지도 모르지만, 둘 이상의 사람이 모여살면 언어가 필요하다. 우리는 언어로서 사물을 인식하고, 언어로서 어떤 사건과 현상들을 기록하고, 우리는 언어로서 상호간의 대화를 나눈다. 언어는 일방적인 것이 아니라 상대적인 것이며, 자기중심주의를 버리고 타자의 이타성을 인정하지 않으면 존재할 수가 없다. 자음과 모음을 결합하면 단순한 자음과 모음에 불과하지만, 이 자음과 모음에 '함께'라는 공동체의 힘을 보태면 새로운 세상이 열린다. 왜냐하면 함께는 공동체의 숨결이고 물이며 햇빛이고, 함께라는 이 짧은 음절에 '울컥'이라는 민족정신, 즉, 전지전능한 신이 살고 있기 때문이다.

　대한민국은 자음과 모음, 즉, 한국어로 열리는 세상이며, '함께, 울컥의 대화엄의 정신'이 살아 숨쉬는 세상이다. 인류의 역사상 전무후무한 대유행병인 코로나 앞에서 모두들 다같이 벌벌벌, 떨고 있을 때, 세 평 구둣방서 21년 동안 구두 5천 켤레를 고치고 평생 번 3만3천평 땅을 기부한 울컥 씨, 4년간 모은 10원, 5백원짜리 코 묻은 저금통을 기탁한 7살 최울컥 어린이, 어려운 데 써달라고 1백원, 5백 원짜리 전달한 취약계층 울컥독거노인, 행정복지센터 찾아와 1백만원 내놓으며 이름 밝히지 않은 무명울컥 씨, 꼭 필요한 곳에 쓰이길 바란다며 곰팡이 핀 지폐를 내놓은 폐지 줍는 굽은등울컥 씨, 바자회 열어 수익금 1백 59만원 전한 울컥고등학생, 개인병원 문 닫고 코로나 치료를 위해 대구로 달려가는 울컥의료진, 이 위기 잘 넘기자고 각 체인점에 힘 한 가마니씩 지원해주는 프렌차이즈 울컥 사장, 임대료 면제해 주는 울컥주, 위험 무릅쓰고 밤 낮 코로나 환자들 돌보는 울컥의사, 울컥간호사 등이 "함께 울컥, 눈물을 제조해" 세계에서 제일 먼저 전국 토의 국난극복의 의지를 불태우게 한다. 티끌 모아 태산을 이루고, 한마음─한뜻으로 일치단결하여 세계적인 대재앙을 극복하며, 천하태평의 화엄의 세계를 이루어낸다.

이서빈 시인에게 있어서의 화엄이란 시를 통해 몸과 마음을 정결히 하고, 내 이웃을 내몸처럼 사랑하는 것을 말하고, 궁극적으로는 한마음─한뜻으로 공동체 사회의 사랑과 평화와 행복을 추구하는 것을 말한다. '함께'라는 사적인 '나'를 버린 '함께'이며, 그 이타적인 몰아의 경지에서 너와 내가 손에 손을 잡고 앞으로 나아가는 것을 말한다. 따라서 '울컥'이란 마음, 그 심리적인 움직임은 서로의 마음을 감동시키는 것이며, 그 어떤 고통과 재난도 두렵지가 않다는 뜻이 된다. 이서빈 시인의 영광은 한국인의 영광이며, 한국인의 영광은 시인의 영광이다. 시인의 영광은 자음과 모음이 함계하는 세상을 탄생시키고, 한국인의 영광은 너와 내가 함께 하는 세상을 탄생시킨다. 요컨대 "가나다라마바사/ 가나다라마바사/ 슬픔 찢고 나온 푸른 휘파람"이 "울컥나라 국기에 울컥울컥 희망을 펄럭"이게 하고 있는 것이다.

　이서빈 시인의 두 번째 시집인 「함께, 울컥」은 그의 첫 시집인 『달의 이동경로』에 이어서 한국문학의 경사이며, 그 인식의 깊이와 현상학적, 혹은 역사 철학적인 깊이를 통해서 세계문학의 경지에 올라서게 되었다. 대단히 참신하고 기발하며 독특한 발상이 담겨있고, 수직적인 깊이와 수평적인 확산을 통해서 우리 한국인들은 물론, 전세계인들의 마음을 울리게 될 것이다. "자음모음의 합계는 자음모음이지만/ 자음모음의 함께는 어떤 글자도 다 만들 수 있지// 함께는 숨결이고 물이고 햇빛이지/ 함께라는 이 짧은 음절은 울컥이란 神이 사는 신전이지"라는 시구와 "가나다라마바사/ 가나다라마바사/ 슬픔 찢고 나온 푸른 휘파람/ 울컥나라 국기에 울컥울컥 희망을 펄럭이고 있네"라는 시구를 쓰기 위해 그는 그 얼마나 많은 시간과 세월을 투자하며, 그토록 어렵고 힘든 언어의 산맥들과 전인류의 고전들이라는 고산영봉들을 찾아 헤매고 다녔단 말인가? 앞에도 절벽이고 뒤에도 절벽이고, 사지는 부들부들 떨리고 기력이 쇠잔해지는 고통과 절망을 감당해내면서도 그 얼마나 그토록 고귀하고 위대한 언어의 혁명을 꿈꾸어 왔단 말인가?

이서빈 시인의 한국어는 다이아몬드이며, 그의 두 번째 시집인 『함께, 울컥』은 다이아몬드의 광산이다. 다이아몬드는 그 희소성 때문에 사용가치와 교환가치가 세계 최고가 되지만, 그러나 이서빈 시인의 한국어, 즉, 다이아몬드 광산은 천문학적인 그 매장력을 자랑한다. 한국어는 우리 한국인들의 영원한 자산이며, 그 언젠가, 그 어느 때는 전인류의 공용어가 될 것이다.

존재의 역사는 결의 역사이고, 결의 역사는 투쟁의 역사이다. 어느 누구나 "가나다라마바사/ 가나다라마바사/ 슬픔 찢고 나온 푸른 휘파람/ 울컥나라 국기에 울컥울컥 희망"의 깃발을 펄럭이며, '함께, 울컥, 대화엄의 세계'를 펼쳐보일 수 있는 것은 아니다.

시인 만세, 이서빈 만세의 세상이 올 것이다!!

김명이
ㅁ

안전하다
상자 줍는 노인의 팔에 실금 문신이 그려진다
사과상자는 나무에서 종이로 바뀌었을 뿐

싱싱했다
밀폐된 스티로폼 속에서 썩지 않는 생선
몸값이 오른다
ㅁㅁ무더기로 덮인 물결 위에
떠도는 붉은 수초
북극은 흩어지고

미로였다
마천루 바람의 원성이 들리고
신문 부고란에 온몸으로 남긴 전보
처참하게 유리조각을 맞춘다

'ㅁ'한 숟갈 떠먹는 노인과

'ㅁ'아기가 한 입

김명이 시인의 「ㅁ」을 읽다가 보면 이 시는 무엇을 의미하고 있는 것일까라고 생각을 하게 된다. "안전하다/ 상자 줍는 노인의 팔에 실금 문신이 그려진다/ 사과상자는 나무에서 종이로 바뀌었을 뿐"이라는 시구는 'ㅁ'이 종이상자라는 것을 뜻하고, "싱싱했다/ 밀폐된 스티로폼 속에서 썩지 않는 생선/ 몸값이 오른다/ ㅁㅁ무더기로 덮인 물결 위에/ 떠도는 붉은 수초/ 북극은 흩어지고"라는 시구는 「ㅁ」이 스티로폼 상자라는 것을 뜻한다. "미로였다/ 마천루 바람의 원성이 들리고/ 신문 부고란에 온몸으로 남긴 전보/ 처참하게 유리조각을 맞춘다"의 시구는 'ㅁ'이 미로와 마천루를 뜻하는 '자음 ㅁ'이 되고, 또 그것은 신문 부고란에 온몸으로 남긴 전보와 처참하게 부서진 유리조각을 뜻한다.

　　「ㅁ」이 사과상자와 스티로폼 상자를 뜻한다면 그것은 상형문자가 되고, 「ㅁ」이 썩지 않는 생선과 떠도는 붉은 수초와 북극을 지시한다면 그것은 은유가 된다. 상징과 은유는 수사학 중의 가장 세련된 수사법이며, 이 수사법을 자유자재롭게 사용할 줄 아는 사람은 제일급의 대가라고 할 수가 있다. 나무에서 종이로 바뀐 사과상자는 안전했고, 나무에서 스티로폼으로 바뀐 생선상자는 싱싱했다. 하지만, 그러나, 이 상자들, 이 'ㅁ'의 혁명에 의해서 인간의 건강과 행복이 진전된 것 같았지만, "ㅁㅁ무더기로 덮인 물결 위에/ 떠도는 붉은 수초/ 북극은 흩어지고"라는 시구에서처럼, 만물의 터전인 자연과 생태환경이 파괴되었다고 하지 않을 수가 없다. 생활의 양식이 변하면 인간의 삶이 변하듯이, 인간의 삶 자체가 미로투성이가 되었고, 모두가 저마다의 최고이윤법칙을 쫓아 '마천루'라는 지옥의 신전에서 살아가게 된다. 'ㅁ'은 상자이고 네모이며, 자음 'ㅁ'을 뜻하는 미로이고 마천루이다. 네모는 미음이고 양식이며, 이 네모와 네모, 교환가치와 사용가치, 또는 부자와 가난한 자의 피투성이 싸움의 장소인 네모는 현대문명의 그늘인 지옥이 된다.

　　김명이 시인은 이렇게 묻고 있는 것 같다. 우리는 어떻게 살고, 어떻게 죽어가는가? 미음(ㅁ) 한 입 먹는

아기로 태어나, 미움 한 숟가락 떠먹는 노인으로 죽어
간다. 이 세상의 삶의 환희와 삶의 절정은 붉은 수초가
떠다니고 모든 빙산이 다 녹는 북극과도 같고, 마천루
의 원성이 들리는 미로가 전부일는지도 모른다.

현대문명이 마천루가 되고, 인간의 길이 미로가 되
는 김명이 시인의 시세계에서는 'ㅁ'이 만물의 터전이
되고, 'ㅁ 왕국'의 구세주가 된다.

태어나지 않는 것이 최선이고, 곧바로 죽어버리는
것이 차선일는지도 모른다.

어향숙

각성바지

오빠는 안동 권씨
동생인 나는 함종 어씨

성이 달랐지만
차마 묻지 못했다

아무도 말해 주지 않았다

하굣길에 책가방을 들어주던, 입학 선물로 가죽구두
신겨 주고 새 구두보다도 환하게 웃던, 내 동생 받은
상장은 도배해도 된다고 자랑하던, 가끔 중앙시장 고
바우집에서 흰밥 위에 불고기를 얹어주던,

엄마에게도 묻지 않았다
모른 척 시치미를 뗐다

다방에서 계란 노른자 동동 띄운 쌍화차를 혼자 마시던, 저녁이면 소주 한 병에
'월남에서 돌아온 김상사'를 멋들어지게 뽑아내던,
사소한 일도 조목조목 그림을 그리며 설명하던,

옆집 아이가 친구들 앞에서 큰소리로 말했다
성은 다르지만 배는 같다고

잔잔한 파도에도 나는 자주 기우뚱거렸고
그때마다 오빠는 손을 잡아주었다

더 이상의 항해가 힘들었을까
풍랑이 거세게 일던 날
오빠는 배에서 내리고 말았다

이 세상에서 살고 죽는 것처럼 쉽고 간단한 문제도 없을 것이다. 배가 고프면 밥을 먹고, 배가 부르면 노래를 부르고 춤을 추면 된다. 가난하면 가난한 대로 살고, 더 이상 더럽고 추하게 살고 싶지 않으면 곧바로 자살을 해버리면 된다. 태어나면 어차피 죽게 되어 있는 것이고, 어차피 빈손으로 왔다가 빈손으로 돌아가는 삶의 길목에서 그 무엇에 미련을 두고 그토록 집착할 일이 있겠는가? 늘, 항상, 건강한 몸과 마음으로 모든 불안과 공포를 잠재우며, 이 세상의 행복을 연주하는 것은 자기 자신이 마음 먹기에 달려 있는 것인지도 모른다.

봄이 오면 꽃이 피고, 꽃이 피면 열매가 달린다. 풋열매는 가을에 익고, 열매가 떨어지면 모든 잎이 떨어진다. 아이가 태어나면 어른이 죽고, 어른이 죽으면 아이가 태어난다. 벌레가 새싹을 갉아먹으면 꽃이 피지 않고, 열매가 병이 들면 씨앗을 남기지 못한다. 꽃이 피는 것과 꽃이 피지 않는 것도 아무런 차이가 없고, 씨앗을 남기거나 씨앗을 남기지 못하는 것도 아무런 차이가 없다. 어린 아이가 태어나는 것과 어른이 죽는 것도 아무런 차이가 없고, 벌레가 새싹을 갉아먹는 것과 갉아먹지 않는 것도 아무런 차이가 없다. 이 세상은 이미 모든 사건과 그 배역들이 다 허용되어 있고, 그 모든 것들은 아주 소중하고 중요할 수밖에 없다. 따지고 보면 이 세상에는 슬퍼하거나 괴로워해야 할 일이 하나도 없다.

오빠는 안동 권씨이고, 동생인 나는 함종 어씨이다. 오빠는 내 동생이 받은 상장으로 도배해도 된다고 자랑을 했고, 입학선물로 가죽구두도 신겨 주고, 내가 어렵고 힘들 때마다 손을 잡아주었다. 나 역시도 "성이 달랐지만", "하굣길에 책가방을 들어"주고, "가끔 중앙시장 고바우집에서 흰밥 위에 불고기를 얹어주던" 오빠를 끔찍히도 사랑했다. 성이 달랐지만, 엄마에게 묻지도 못했지만, 그러나 이 세상의 남매로 인연을 맺은 그들에게 도대체 그것이 무슨 문제였단 말인가?

하지만, 그러나 이 세상의 삶의 기쁨과 슬픔, 삶의

행복과 불행, 또는 삶과 죽음의 문제에 그처럼 태연하고 초연할 수 있었던 사람은 단 한 사람도 없었다. 이 세상에 대한 집착과 미련이 없다면 삶의 목표가 없어지고, 슬픈 일과 기쁜 일이 일어나지 않는다면 이 세상의 희극과 비극이 없어진다. 고통과 어려움과 시련이 없다면 모든 영웅들이 종적을 감추고, 삶과 죽음을 초월한 사람들만이 있다면 모든 신화와 종교가 없어진다.

어향숙 시인의 「각성바지」는 반순혈주의의 토대가 되고, 이 뿌리없는 인간들의 미래가 불행에 발목이 잡혀 있었다는 것을 뜻한다. "오빠는 안동 권씨/ 동생인 나는 함종 어씨"이고, 이 두 남매는 너무나도 끔찍하게 사이가 좋았지만, 그러나 이 세상의 순혈주의의 도덕과 풍습의 미덕을 초월할 수는 없었던 것이다. 성이 달랐지만 차마 묻지도 못했던 장벽, 아무도 말해 주지 않고 엄마에게도 묻지 않았던 장벽, "성은 다르지만 배는 같다고" "옆집 아이가 친구들 앞에서 큰소리로 말했던" 장벽—. 무리를 짓고 무리를 짓는데서 최선의 삶의 수단을 발견했던 인간들이 그 사회의 도덕과 풍습의 미덕을 깨뜨린다는 것은 참으로 어렵고도 힘든 일이었던 것이다. 가부장적인 남성중심 사회에서 씨가 다르다는 것과 일부일처제도의 반대방향에서 재혼과 중혼을 한다는 것은 그 아이들의 탄생 자체가 저주받은 것이라고도 할 수가 있다.

징크스—, 불행은 묘한 마력을 갖고 있고, 어느 누구도 이 불행에서 쉽게 벗어나지를 못한다. 수조 원대의 자산가가 우울증에 시달리다가 자살을 한 적도 있었고, 중국으로 가서 젊은피로 싹 갈아버린 자산가가 그토록 불면증에 시달리다가 너무나도 불행하게 죽은 일도 있었다. 이 세상의 삶은 진리에 반하는 외설일 수도 있으며, 모든 사랑은 외설에 지나지 않는 것인지도 모른다. 자기 자신들의 뜻과는 전혀 무관하게 「각성바지」로 인연을 맺고, 그 인연의 무게에 짓눌려 너무나도 일찍 '이 세상이라는 배'에서 하선해버린 안동 권씨 오빠와 그 오빠와의 너무나도 다정하고 인간적이었던 삶을, 그만큼 너무나도 아프게 반추하고 있는 함종 어씨인 시인의 회한이 없었다면 어떻게 이처럼 아름답고 슬픈 「각성바지」가 탄생할 수가 있었을 것이란 말인가?

모든 종교와 철학, 아니, 우리 인간들의 욕망을 그토록 싫어하고 혐오하는 종교와 철학은 이 세상의 삶을 적대시 하는 외설에 지나지 않으며, 시와 예술이야말로 이 세상의 삶을 옹호하고 찬양하는 진리라고 할 수가 있다. 이 세상의 삶과 죽음의 문제는 그토록 간단하지 않으며, '빈손으로 왔다가 빈손으로 가는 길'마저도 너무나도 험하고 거칠며, 수많은 대로와 샛길과 비명횡사의 길들이 있는 것이다. 착한 사람은 너무 일찍 죽고 악한 사람들은 너무 오래 산다. 슬픈 사람들은 너무 많고, 기쁜 사람들은 거의 없다. 착한 사람이 나쁜 사람이고, 슬픈 사람이 기쁜 사람이다. 단 하나의 정답은 없고, 수많은 정답들이 서로간의 멱살을 움켜쥐고 싸운다.

시는 불멸의 이성(진리)과는 정반대의 대척관계에 있으며, 진리(이성)를 말하기 이전에 진실을 말함으로써 인간의 정서에 충격을 가한다. 진리란 인간의 이성이 가공한 이야기이지만, 진실이란 구체적인 삶의 내용이며, 꾸밈이 없는 이야기라고 할 수가 있다. 진리는 진실을 억누르고 은폐하지만, 진실은 그 진리의 비이성, 그 광기를 파헤치며 너무나도 과감하고 생생한 사실을 폭로한다. "오빠는 안동 권씨/ 동생인 나는 함종 어씨// 성이 달랐지만/ 차마 묻지 못했다// 아무도 말해 주지 않았다"라는 시구와 "엄마에게도 묻지 않았다/ 모른 척 시치미를 뗐다", "옆집 아이가 친구들 앞에서 큰소리로 말했다/ 성은 다르지만 배는 같다고"라는 시구들은 너무나도 가장 확실하게 가부장적인 순혈주의를 고발하며, "오빠는 안동 권씨/ 동생인 나는 함종 어씨"라는「각성바지」의 너무나도 아름답고 슬픈 진실이 사실 그대로 드러나고 있는 것이다.

명문대가집의 순혈주의가 소중하듯이, 각성바지의 삶과 그 혈통도 소중하다. 따라서 어향숙 시인은 어느 누가 나와 오빠의 불행한 삶을 책임질 수가 있느냐고 묻고 있는 것이며, 우리 '각성바지들'도 다같은 인간이며, 아름답고 행복한 삶을 살 권리가 있다고 주장하고 있는 것이다. 너무나도 떳떳하지 못하고 숨기고 싶었던 진실, 한평생 억울함과 회한의 상처뿐이었던 진실을 이처럼 사실 그대로 드러낸다는 것은 이제는 그만큼 그 아픔과 상처를 극복하고 진실의 옷을 입게 되었다는 것을 뜻한다.

대부분의 예언가와 선구자들은 사회로부터 버림을 받은 사람들이며, 그들이 정상적인 사회로 편입되는 것은 자기 자신이 자기 자신의 법률로 새로운 사회를 만들고부터일 것이다. 그는 그가 태어난 사회의 이단

자이자 반항아이지만, 죄를 짓고 죄악을 정당화함으로
자기 자신의 존재의 근거를 마련하게 된다. '나 갈릴
레이 갈릴레오는 지구는 돈다라는 천체물리학자'라고,
'나 파블로 피카소는 입체파의 기수'라고, '나 프란시크
베이컨은 자연의 서기관이자 신학문의 개척자'라고,
'나 아인시타인은 상대성 이론의 창시자'라고, '나 어향
숙은 당신들이 그토록 혐오하고 싫어했던 「각성바지」
시인'이라고—.

　시인은 영원한 혁명가이자 선구자이다. 만일, 영원
한 혁명가이자 선구자인 시인이 없었다면 모든 역사는
이미 그 종말을 맞이하게 되었을 것이다.

박정원

빈집

연자방蓮子房에 들어가 보니
연자 하나가 사라졌다

아니다
누군가 탈취해갔다
아니다
스스로 가출했다
아니다
다른 놈팡이와 눈이 맞아
가버렸다

사라진 한때가 모여
한동안이었다가
한참동안이었다가
내 것인 양

한 시절이었다가

연자는 어디로 갔을까
그 한순간 한때
연자에게 휘둘린
예순여섯 해의 토막집이
나의 일생─生인 동안
연자는 정말 어디에 있을까

연자방이란 연꽃의 열매이며, 연실, 연자육, 연자 등의 다양한 이름을 갖고 있으며, 성인병 예방에 탁월한 효과가 있다고 한다. 젊음은 사랑과 행복이 가득한 집이 되고, 늙음은 사랑과 행복이 떠난 빈집이 된다. 박정원 시인은 연자방에서 연자 하나가 사라진 것을 보고, 사랑과 행복이 떠나간 빈집을 생각해 본다. 사랑과 행복은 연자와 연자가 모여 한때가 되었듯이, "한동안이었다가/ 한참동안이었다가/ 내 것인 양/ 한 시절이었다가" 그 어디론가로 감쪽같이 사라져 가버린 것이다.

연자는 어디로 사라져 가버린 것일까? 누군가가 탈취해간 것일까? 스스로 가출해버린 것일까? 어떤 놈팽이와 눈이 맞아 달아나 버린 것일까? 하지만, 그러나 연자는 누군가가 탈취해간 것도 아니고, 스스로 가출해 버린 것도 아니며, 어떤 놈팽이와 눈이 맞아 달아난 것도 아니다. 사랑과 행복은 열매이며, 이 열매는 때가 되면 그 보금자리를 떠나 새로운 자손의 씨앗이 되어야 한다. 늙은 몸은 사랑과 행복의 열매가 떠나간 빈집이 되고, 다만, 시인은 이 자연의 이치를 알면서도 그 빈집의 외로움과 공허함을 달랠 길이 없었던 것이다. 늙음은 외롭고 서러운 것이고, 목숨은 너무나도 즐겁고 기쁘게, 이 세상을 떠나갈 수가 없었던 것이다.

예순여섯 해의 토막집과 예순여섯 해의 연자방, 아들과 딸들이 제각기 장성하여 출간한 빈집—. 나는 이 빈집이 텅 비어 있음으로 하늘과도 같은 은총으로 충만하기를 바랄 뿐이다. 우리는 빈집에서 태어났기 때문에 그토록 아름답고 화려한 연꽃을 피울 수가 있었던 것이고, 우리는 그토록 아름답고 화려한 연꽃을 피웠었기 때문에 사랑과 행복의 연자방을 이룰 수가 있었던 것이다. 텅 빈다는 것은 이 세상에서 나의 임무가 끝났다는 것이고, 이 세상에서 나의 임무가 끝났다는 것은 새로운 신생아의 울음소리가 들려온다는 것이다.

빈집은 존재의 집이고, 텅 비었음으로 꽉찬 존재의 보금자리가 된다. 한때, 한동안, 한참동안, 한시절, 잘 먹고, 잘 살고, 잘 놀았으니 즐겁고 기쁜 마음으로 떠날 때가 된 것이다.

연자는 반드시 나의 빈집에서 싹을 틔우고, 꽃을 피우며, 열매를 맺을 것이다.

어떤 존재의 일생은 한순간에 지나지 않지만, 그 존재의 집은 영원할 할 것이다. 자주 명상하고, 즐겁고 기쁜 마음으로 떠나가야 할 것이다.

송경동
오래된 여인숙에서

사랑을 잃고
가을바람에 날리는 거리의 검정 비닐처럼
길을 헤매다
하루 저녁
어느 낯선, 외등 하얀, 오래된 여인숙 명부에
가늘어진 이름 석 자
다소곳이 적어보지 않은 이는 모른다

생수 한 병 요쿠르트 하나 수건 한 장 받아들고 들
어가
깨진 벽 유리처럼 구겨진 커튼처럼
녹슨 창살처럼 벽지무늬가 다른 네 벽처럼
우두커니 섰다가, 한순간 무너져
때 탄 이불보로 입막고
흐느껴보지 않은 이는 모른다

씨팔년 더러운 년 나쁜 년 치사한 년 퉤퉤 하며
마지막 자위를 해보지 않은 이는 모른다

삶이 왜 잠깐
들렸다 가는 여인숙처럼 미련 없는 것이어야 하는
지를
세상이 왜 아무도 가져갈 것 없이 다만
잠시 쉬었다 가는 여인숙 같은 것이어야 하는지를
왜 또 저 하늘에는 저렇듯 많은 정거장들이 빛나고
있는지를
비루한 여인숙
가끔은 어느 절간이나 성당보다
더 갸륵하고 평온한
내 영혼의 안식처

이 세상의 여행자 숙소로는 여인숙과 여관과 모텔과 호텔들이 있을 것이다. 이 여행자의 숙소마저도 계급과 서열이 있고, 이 계급과 서열에 따라서 그곳에 드나드는 사람들의 출신성분과 사회적 지위가 결정된다. 여인숙은 최하천민인 떠돌이―나그네들(부랑자들)이 잠을 자는 곳이고, 여관과 모텔은 중간계급의 사람들이, 그리고 호텔은 상류 사회의 사람들이 잠을 자는 곳이다.

　송경동 시인의 '오래된 여인숙'은 "사랑을 잃고/ 가을바람에 날리는 거리의 검정 비닐처럼/ 길을" 헤매던 부랑자들이 잠을 자는 곳이고, "생수 한 병 요쿠르트 하나 수건 한 장 받아들고 들어가/ 깨진 벽 유리처럼 구겨진 커튼처럼/ 녹슨 창살처럼 벽지무늬가 다른 네 벽처럼/ 우두커니 섰다가, 한순간 무너져/ 때 탄 이불보로 입막고/ 흐느껴보지 않은" 사람은 그 더럽고 추한 심정을 알 수가 없을 것이다. 사랑을 얻은 사람은 삶의 상승기류를 타고 이 세상의 그 모든 곳으로 여행을 다닐 수도 있지만, 그러나 사랑을 잃고 가을바람에 날리는 검정비닐처럼 떠돌아 다니는 사람에게는 그 모든 가능성이 다 막혀버리고, "깨진 벽 유리처럼 구겨진 커튼처럼/ 녹슨 창살처럼 벽지무늬가 다른 네 벽처럼/ 우두커니 섰다가" 한순간에 무너지는 이 세상의 삶의 낙오자에 지나지 않게 된다. "씨팔년 더러운 년 나쁜 년 치사한 년 퉤퉤 하며/ 마지막 자위를 해보지"만, 그러나 이빨이 없는 독설은 그 어느 누구도 물어뜯지를 못한다.

　사랑은 돈을 좋아하고, 돈은 명예를 좋아하고, 명예는 권력을 좋아한다. 사랑은 가난한 자들, 즉, 사회적 천민들을 교수형에 처할 범죄자로 몰아넣고, 사랑은 돈과 명예와 권력을 가진 사람들을 줄세워 놓고, 그리고 그들과 함께, 달콤하고 맛있는 잠이 쏟아지는 호텔로 들어간다. 이에 반하여, 돈과 명예와 권력이 없는 사람들, 즉, 사회적 부랑자들은 그 모든 사랑으로부터 버림을 받고, 이 세상의 최후의 종착역과도 같은 여인숙으로 들어가게 된다.

인간은 평등하지만, 계급과 서열은 끊임없는 불평등과 차별을 생산해낸다. 부자와 가난한 자, 극단적인 사치와 극단적인 빈곤으로 자본주의 사회는 쫙 갈라져 있지만, 아무튼 사랑은 계급과 서열을 좋아하고, 사회적 부랑자와 싸구려 여인숙을 좋아하지 않는다. 사회적 부랑자들에게는 모든 것이 가능하지 않은 이 세계가 가장 나쁜 곳이고, 삶이란 싸구려 여인숙에서 잠시 잠깐 쉬었다가 가는 찰나와도 같은 것인지도 모른다. 이 세상에서는 그 어떤 미련도 없고 가져갈 것도 없지만, 그러나 이 허무하고 부질없는 삶은 자본주의 사회가 끊임없이 되풀이 재생산해내고 있는 것인지도 모른다. "왜 또 저 하늘에는 저렇듯 많은 정거장들이 빛나고 있는지"라는 시구는 모든 별들과 별들이 우주여행의 싸구려 여인숙과도 같다는 것을 뜻하고, 송경동 시인의 허무주의와 패배주의는 이 세상과 우주를 온통 까만 어둠과 절망으로 색칠해 놓는다.

비루한 인생의 비루한 여인숙, 그러나 송경동 시인에게 있어서는 이 '오래된 여인숙'이 있기 때문에, "어느 절간이나 성당보다/ 더 갸륵하고 평온한" 잠을 잘 수가 있었던 것이다.

불행 중 다행인 여인숙, 최초의 출발역이자 최후의
종착역인 오래된 여인숙!!
  송경동 시인의 '오래된 여인숙'은 이 세상의 떠돌
이—나그네들의 영혼의 안식처이자 이 지구별에서의
영원한 성당이라고 할 수가 있다.

이병률 이향아

조영심 유채은

김찬옥 김진열

최금녀 안희연

공광규 최승자

홍명희 유홍준

김병수 김효선

황지우

이병률
얼굴

하루 한 번 삶을 생각하게 되었습니다
당신 얼굴 때문입니다

당신 얼굴에는 당신의 아버지가 왼쪽에서 오른쪽으
로 지나갑니다
어머니도 유전적으로 앉아 있지만 얼굴을 자세히 보
면
누구나 그렇듯 얼굴만으로는 고아입니다

당신이 본 풍경과 당신이 지나온 일들이 얼굴 위에서
아래로 차곡차곡 빛납니다
눈 밑으로 유년의 빗금들이 차분하게 지나가고
빗금의 각을 타고 표정은 파도처럼 매번 다르게 흐
릅니다

얼굴은 거북한 역할은 할 수 없습니다
안간힘 정도는 괜찮지만 계산된 얼굴은 안 됩니다

당신 얼굴에 나의 얼굴을 닿게 한 적 있습니다
무표정한 포기도 있는데다 누군가와 축축하게 헤어
진 얼굴이어서였습니다

당신 앞에서 이유 없이 웃는 사이
나는 당신 얼굴이 되었습니다

나는 하루 한 번 당신과 겹쳐지는 삶을 생각하게 되
었습니다

사람의 얼굴은 그 사람의 삶의 풍경이며, 그의 인생의 축소판이라고 할 수가 있다. 기껏해야 한 뼘밖에 안 되는 얼굴이지만, 전세계의 80억 가까운 사람 중에 그 얼굴이 똑같은 사람은 단 한 명도 없다. 사람의 얼굴에 따라서 미남과 미녀의 가치기준표가 정해지고, 그 사람의 주름살과 그 표정에 따라서 그 사람의 사회적 지위와 삶의 형편 정도를 알 수도 있다. 웃음의 표정과 심각한 표정과 근엄한 표정과 더럽고 험악한 표정을 보고 그의 상냥함과 인자함과 차가움과 잔인함을 유추해 볼 수도 있고, 그 사람의 얼굴의 표정을 보면 그의 마음을 읽을 수가 있다. 프랑스의 소설가 발자크는 '사람의 얼굴은 한 권의 책'이라고 말한 적도 있고, 미국의 제16대 대통령인 링컨은 '마흔을 넘긴 사람은 자기 얼굴에 책임을 져야 한다'라고 말한 적도 있다.

이병률 시인의 「얼굴」은 자기 자신의 얼굴이며, 일인

칭 '나'를 객관화시키기 위해 '당신'이라는 이인칭 대명
사를 사용하게 된 것이다. 사춘기의 청소년이나 사랑
에 빠진 젊은이들, 그리고 연예인이라는 특별한 직업
을 가지고 있는 사람들을 제외하고는 대부분이 아침에
세수할 때 거울을 보게 되고, 그 거울 속의 얼굴 때문에
자기 자신의 삶을 생각하며 되돌아 보게 된다.

　당신의 얼굴에서는 당신의 아버지가 왼쪽에서 오른
쪽으로 지나가고, 어머니도 유전적으로 앉아 있지만,
그러나 얼굴을 자세히 보면 누구나 그렇듯이 얼굴만으
로는 고아인 것이 분명하다. 예로부터 씨도둑질은 못
한다는 말이 있듯이, 모계혈통보다는 부계혈통이 더
강하지만 그러나 아버지는 아버지이고, 나는 그 누구
와도 닮아 있지 않은 것이다. 고아는 개성과 특별함의
표지이고, 이 개성과 특별함의 표지를 지닌 사람은 누
구나 다같이 어렵고 힘든 삶을 살아가게 된다. 인간의
삶은 고아의 삶이고 주체적인 삶이며, 그 어느 누구도
흉내낼 수 없는 단 하나뿐인 삶이고, 두 번 다시 복기
할 수 없는 일과성의 삶일 뿐이다.

　당신의 얼굴에는 당신이 본 풍경과 당신이 살아온 날
들이 둥근 나이테와 오랜 역사의 퇴적층처럼 차곡차곡

쌓여 빛난다. "눈 밑으로 유년의 빗금들이 차분하게" 지나갈 수도 있고, 그 빗금의 각을 타고 수많은 표정들은 파도처럼 매번 다르게 흐를 수도 있다. 얼굴은 "안간힘 정도는 괜찮지만" 계산된 표현은 할 수가 없다. 이때의 안간힘이란 그 마음, 그 표정을 간신히 감출 수 있다는 것을 뜻하고, "얼굴은 거북한 역할은 할 수 없습니다"라는 시구는 그 사람의 처지와 입장과 마음의 움직임과는 달리, 정반대의 표정은 연기할 수 없다는 것을 뜻한다. 연기란 가짜의 삶과 가짜의 행위에 지나지 않으며, 소위 연기자의 삶이란 백일몽이나 안개와도 같은 것에 지나지 않는다.

당신의 얼굴은 거울 속의 나의 얼굴이 되고, 나의 얼굴은 거울 밖의 당신의 얼굴이 된다. 나는 "당신 얼굴에 나의 얼굴을 닿게 한 적"이 있었는데, "무표정한 포기도 있는데다 누군가와 축축하게 헤어진 얼굴"이었기 때문이다. "당신 앞에서 이유 없이 웃는 사이/ 나는 당신의 얼굴이" 되었고, "나는 하루 한 번 당신과 겹쳐지는 삶을 생각하게" 되었다. 당신이 울면 나도 울고, 내가 웃으면 당신도 웃는다. 거울 속의 당신과 거울 밖의 나는 일심동체이며, 하루 한 번, 아니 영원히 똑같은 삶의 얼굴로 살아간다.

이병률 시인은 '모든 얼굴은 고아이다'라는 주제를 가지고, 그의 삶의 풍경과 삶의 역사를 천착해 보았다고 할 수가 있다. 「얼굴」은 이병률 시인의 존재론이며, 한국시문학사상 얼굴에 대한 역사 철학적인 인식이 돋보이지만, 그러나 만인의 심금을 사로잡을 수 있는 최고급의 인식의 진전이 없다는 것이 그 험(흠)이라고 할 수가 있다.

얼굴, 얼굴, 나와 당신, 또는 나와 수많은 당신들을 하나로 묶어주는 이 얼굴로, 이병률 시인은 과연 무엇을 꿈꾸고 있는 것일까? 나는 부디 이병률 시인이 한국어의 영광과 시인의 영광, 그리고 우리 대한민국의 영광을 연출할 수 있기를 바랄 뿐이다.

이향아
매봉역에서 내리세요

오렌지색 3호선 전철을 타고 흔들리면 흔들리는 대로 가만있다가, 내리고 싶으면 매봉역에서 내리세요, 오래된 집들로 나지막한 동네, 매화 꽃봉오리는 진작 벙글었어요, 동네 사람 태반은 양재천 냇물에 세 들어 살거나 늙은 나뭇등걸에 얹혀살아요, 떠날 수 없는 나도 그렇습니다

새로 피는 나뭇잎은 공원 숲까지 뻗치고, 숲속은 지금 수라장입니다, '허물고 높이 짓자', '뼈대가 멀쩡한데 허물다니 당치않다'

상수리나무, 벚나무, 이팝나무들은 어쩌라고, 때 되면 가지가 찢어지는 대추나무 살구나무 은행나무 감나무들은, 물정도 모르는 산수유와 목단 명자꽃 진달래 능소화들은 또 어쩌라고, 모두 베어 없애고 허공에 매달릴까,

그래도 오세요 매봉역에서 내리세요, 우리 천천히 시냇가로 갑시다

어쩌다가 우리의 조국인 대한민국이 이 세상에서 가
장 아름다운 삶의 터전이 아닌 부동산 투기업자들의 투
기장이 되었을까? 부동산 투기란 삼천리 금수강산을
다만 이익을 창출해내는 소모품으로 생각한다는 것을
뜻하고, 우리 한국인들의 삶의 질의 향상과 행복, 그리
고 이 세상에서 가장 아름다운 조국을 물려준다는 국
민의식은 손톱만큼도 없다는 것을 뜻한다. 사유재산제
도는 만악의 근원이며, 이 사유재산 때문에 인간이 인
간을 혐오하며 서로가 서로를 믿지 못하는 불신풍조가
생겨나게 되었던 것이다.

　문화선진국일수록 사유재산제도에 제약을 가하고,
개인의 재산이란 이 세상에서 살아가는 동안 잠시 잠깐
빌려쓰는 차용재산이라는 생각을 갖게 한다. 부자로서
죽는 것은 부끄러운 일이고, 전재산을 아낌없이 다 환
원하고 죽어가는 것이 선량한 시민의 의무이기도 한 것

이다. 삼천리 금수강산, 우리들의 조국은 자연 그대로의 보존이 원칙이며, 제 아무리 주택정책이라고 하더라도 무차별적인 개발이란 있을 수가 없다. 모든 동식물들도 다 집이 있고 짝이 있는데, 가장 근본적인 보금자리(집)를 갖고 투기판을 벌이는 것은 반자연적이고 반인륜적인 대역죄와도 같다.

부동산, 즉, 집이란 그 자체로 사고 팔아야 하는 재화가 아니며, 이 부동산을 함부로 사고 판다는 것은 자연의 질서에 대한 도전이자 모든 생명체들을 대량살생하는 행위라고 하지 않을 수가 없다. 가능하면 자연친화적이며 작고 아름다운 집, 그 어떤 재화도 낭비하거나 소모하지 않으며 천년, 만년 대대로 살 수 있는 집, 모든 동식물들에 대한 사랑과 애정과 행복이 가득한 집을 짓는 것이 모든 문화선진국의 주택정책이라면 대한민국의 주택정책은 무목표, 무의지, 무책임이라는 '삼무정책' 아래 소위 사기꾼들의 '떴다방 정책'이라고 할수가 있다. 첫 번째는 어떠한 일이 있어도 정치인들과 고급관리들의 뇌물의 공급원이 되어야 하고, 두 번째는 실수효자들의 편안하고 안락한 주거환경보다는 건설업자의 최고의 이익이 보장되어야 하고, 마지막으로 세 번째는 일년 열두 달 내내 전국토가 부동산 투기로 활활 타오르지 않으면 안 된다. 자연보호와 환경보호는 일고의 가치도 없고, 상호간의 사랑과 애정과 행복도 일고의 가치가 없다. 역사와 전통을 강조할수록 돈과 시간이 낭비되고, 천년, 만년 영원한 보금자리정책은 건설사업을 다 망하게 하고 국가경제의 주름살만을 더하게 한다. 대한민국의 주택정책은 뇌물이 더욱더 많이 솟아나와야 하고, 건설업자의 최고 이익이 보장되어야 하고, 전국토가 부동산 투기장으로 일년 열두 달 내내 난장판이 되어야 한다. 천국 앞에서는 만인이 평등하고 모든 인간들에게 다 열려 있지만, 이 더럽고 추한 한국인들에게는 지옥의 문만이 활짝 열려 있는 것이다.

대한민국의 정치경제, 문화의 중심지, 우리 한국인들의 젖과 꿀이 흐르는 강남지역, 자고 나면 아파트값과 땅값이 치솟아오르고, 학군이 좋고 천당 중의 천당인 매봉역 근처도 대한민국의 부동산 재개발정책 때문에 아수라장이 되어간다. "허물고 높이 짓자"는 개발업자와 "뼈대가 멀쩡한데 허물다니 당치않다"는 반개발업자가 싸우면, 그곳의 원주민들마저도 찬성파와 반대파로 쫘악 갈라져 피투성이가 되도록 싸운다. 그 옛날보다도 건축기술과 건축자재가 천배, 만배 더 발전하고 좋아졌지만, 도대체 어떻게 해서 아파트를 지은 지 4~50년도 안된 매봉역 근처가 그처럼 이전투구의 장소가 되었단 말인가? 첫 번째는 천년, 만년 대대로 살 수 있는 집이 아닌 임시방편의 아파트를 지었기 때문일 것이고, 두 번째는 재개발사업으로 인한 엄청난 이익이 발생하기 때문일 것이다. 눈앞의 이익은 미래를 생각하지 않으며, 국력과 민심을 갈갈이 찢어버리고, 그 무슨 '저주의 선물'처럼 엄청난 재앙을 안겨다가 주게 된다. 수십 년 동안 자라온 상수리나무, 벚나무, 이팝나무들도 갈 곳이 없고, 때 되면 가지가 찢어지는 대추나무, 살구나무, 은행나무, 감나무들도 갈 곳이 없고, 산수유, 목단, 명자꽃, 진달래, 능소화들도 갈 곳이 없다.

이향아 시인의 「매봉역에서 내리세요」는 부동산 재개발정책에 반대하는 시이며, 그 '난감함의 미학'을 노래한 시라고 할 수가 있다. 오래된 집들로 나지막한 동네, 매화 꽃봉오리는 진작 벙글었고, 동네 사람 태반은 양재천 냇물에 세 들어 살거나 늙은 나뭇둥걸에 엎혀 사는 동네, 상수리나무, 벚나무, 이팝나무, 대추나무, 살구나무, 은행나무, 감나무, 산수유, 목단, 명자꽃, 진달래, 능소화 등과 함께 나도 떠날 수 없는 이 동네에 오시면, 당신들도 너무나도 분명하게 이 부동산 재개발정책에 반대하게 될 것이다. 이향아 시인의 "그래도 오세요 매봉역에서 내리세요, 우리 천천히 시냇가로 갑시다"라는 시구는 자연보호와 생태환경의 보호, 그리고 자연친화적인 작고 아름다운 집에 반대할 사람들은 아무도 없다라는 이성과 양심의 소산이며, 물이 흐르듯이 자연스럽게 살자는 뜻이 담긴 시구라고 할 수가 있다.

우리 한국인들은 모든 생명체들의 삶의 터전이자 보금자리마저도 투기의 대상으로 삼는 악마들이며, 자기 자신과 이 세계를 파괴하고, 궁극적으로는 동식물보다도 결코 행복하게 살지 못한다.

조영심
도서관 로맨스

책의 행간을 놓친 순간이었을 것이다

뒤통수 맞은 듯 내 시선을 사로잡은 형상 하나
드넓은 이마가 돋보이는 검은 테 안경하며
안으로 굽은 어깨 맨도롬한 낯익은 표정

건너편에서 내 안으로 덜컹 쏠린다

오래된 나의 앳된 그 아이가
한쪽 팔로 턱을 괸 기울기며
이따금 깜빡이는 눈매도 그렇고
앙 다문 얇은 입술은 또 어떤가
행여 눈이라도 맞을까
심장만 살금살금 찧고 있는데
처음 그때처럼,

볼 일도 못 보고 숨소리 짓누르는데
손목시계를 살피던 풋풋한 저 머스마
벌떡 일어나 도서관을 나가버린다
말도 못 붙여본 그 짝사랑

순식간에
그를 읽던 행간도 그의 행간도 그도
코앞에서 놓쳤다

놓쳐야 로맨스가 되는 사랑이 나에게도 있었다

시도 열정이고, 공부도 열정이고, 사랑도 열정이다. 열정은 불이며, 불꽃이고, 모든 기적을 연출해내는 원동력이다. 인간은 한없이 약하지만, 열정은 더없이 강하다. 시를 쓰면서 그 모든 것을 잊게 하는 힘, 공부를 하면서 그 앎의 세계에 깊이 빠져들게 하는 힘, 사랑을 하면서 더없이 순수하고 그 모든 것을 다 바치게 하는 힘 등—, 열정은 자기 자신의 목숨을 걸고 자기가 그토록 하고 싶고 좋아하는 일에만 몰두하게 한다. 열정의 순수함과 열정의 황홀함과 열정의 힘을 이해하고 그 삶을 살다 간 사람은 이 세상에서 가장 아름답고 행복한 사람이라고 할 수가 있다.

만일, 시를 이해하지 못하고 시에 이끌려 다닌다면 어떻게 되겠고, 공부의 참맛을 이해하지 못하고 공부에 이끌려 다닌다면 어떻게 되겠으며, 또한, 이 세상의 어중이 떠중이들처럼 사랑을 이해하지 못하고 사랑에 이끌려 다닌다면 어떻게 되겠는가? 진정한 시인은 시의 날개를 달고 천하를 날아다니고, 진정한 사상가는 앎(지혜)의 텃밭에서 앎의 열매들을 수확하고, 이 세상의 참된 사랑의 삶을 사는 인간은 '사랑의 여신'으로 하여금 그에게 무릎꿇고 경의를 표하게 만든다. 진정한 시인은 시(사랑, 지혜)를 가지고 놀며, 시로 하여금 다양한 주제와 소재로 최고급의 축제를 연출해내게 한다. 열정은 미침이고 미침은 광기이지만, 그러나 이 열정이 그 열매를 수확하게 될 때는 전체 인류의 사랑과 행복과 평화의 삶을 보장해주게 된다. 호머, 소크라테스, 아프로디테, 또는 이태백, 공자, 황진이 등의 생애가 그것을 말해준다.

조영심 시인의 「도서관 로맨스」는 시와 공부와 사랑의 삼중주三重奏이며, 그것이 '짝사랑'인만큼 어떠한 결실도 맺지 못했다는 것을 뜻한다. 바둑에서는 다 잡았던 대마大馬가 더 크고, 낚시에서는 놓친 물고기가 더 크다. 짝사랑은 이성이 눈을 뜨는 봄꽃과도 같으며, "오래된 나의 앳된 그 아이", 즉, "행여 눈이라도 맞을까" 가슴이 두근두근 거렸지만, 나의 마음과 두근거림은 거들떠 보지도 않고 도서관을 나가버렸던 그 아이는 '나'라는 꿀샘을 발견하지 못했던 벌과 나비와도 같다. 짝사랑은 그 아이 모르게 혼자서만 좋아했던 사랑이며, 낚시대를 던져놓지도 않고 큰물고기가 물어주기를 바라는 참으로 어처구니 없고 너무나도 허무맹랑한 사랑을 말한다. 사랑 앞에서는 누구나 다같이 어린아이처럼 바보가 되며, 이 백치같은 어리석고 순수한 마음이 없으면 사랑은 성립되지 않는다.

그렇다. 조영심 시인에게도 짝사랑이 있었고, "놓쳐야 로맨스가 되는 사랑이" 있었다. 뒤통수 맞은 듯 내 시선을 사로잡은 아이, 드넓은 이마가 돋보이는 검은테 안경을 쓴 아이, 한쪽 팔로 턱을 괴고 이따금 눈을 깜빡이고 앙 다문 얇은 입술을 가졌던 아이, 볼 일도 못 보고 숨소리 짓누르는 데 손목시계를 살피다가 벌떡 일어나 도서관을 나가버렸던 그 아이—. 그 아이는 지금쯤 무엇을 하고 있을까? 시인이 되었을까, 소설가가 되었을까? 화가가 되었을까, 음악가가 되었을까? 대학교수가 되었을까, 재벌기업의 사장이 되었을까? 짝사랑은 상상력이 풍부하고, 짝사랑은 과대망상증으로 태평양의 고래도 되고, 짝사랑은 전혀 늙지도 않고 너무나도 젊게 오래 산다.

때때로 짝사랑이 도서관의 로맨스를 꽃 피우고, 때때로 짝사랑이 그 두근거림으로 시를 쓰게 하며, 영원한 소녀의 삶을 살게 한다.

유채은
민들레꽃

봄 마중 가려는데
어디로 가느냐고
나비가 물었어요

노란 얼굴
하얀 얼굴
징검다리 건너듯
차례로 앉았다 따라가면 된다고
민들레꽃이 말했어요

민들레 꽃씨가
나비와 함께
반가운 얼굴을 만나러
하늘로 퍼져가요

봄, 여름, 가을, 겨울의 사계절 중에서 봄이 갖는 의미는 아주 특별한데, 왜냐하면 천지창조의 첫날과도 같기 때문이다. 천지창조의 첫날은 만물의 탄생일이 되고, 기나긴 암흑 속의 시련을 헤쳐나와 비로소 희망의 씨앗을 뿌리게 된 것과도 같다. 제 아무리 어렵고 힘들더라도 희망이 있는 사람은 살아남을 수가 있지만, 그러나 그 어려움과 시련에 발목이 잡혀 있는 사람은 그럴 수가 없다.

우리가 이 세상을 살아가는 것은 밥이 아니라 희망이 있기 때문이며, 이 희망으로 우리는 따뜻한 봄날의 꽃을 피울 수가 있다. 봄 마중 가려면 "노란 얼굴/ 하얀 얼굴/ 징검다리 건너듯/ 차례로 앉았다 따라가면" 되고, 바로 그때에는 "민들레 꽃씨가/ 나비와 함께/ 반가운 얼굴을 만나러/ 하늘로 퍼져" 나가게 된다. 봄은 민들레꽃의 노란 얼굴, 하얀 얼굴 속에도 있고, 봄은 노

란 나비, 하얀 나비의 날갯짓 속에도 있다. 봄은 아지
랑이와 함께 징검다리를 건너오고 있고, 봄은 종달새
와 함께 푸른 하늘을 오르내리며 오고 있다.

봄은 얼굴이 없고, 따뜻한 온기만 있다. 봄은 실체가
없는 투명인간과도 같고, 봄은 실체가 없는 투명인간
과도 같기 때문에 모든 곳에 존재한다.

꽃의 얼굴이고, 나비의 얼굴이다. 개구리의 얼굴이
고, 아직 잠이 덜 깬 아기곰의 얼굴이다.

아니, 아니, 노란, 하얀, 민들레꽃이 봄의 얼굴이다.

김찬옥
웃음을 굽는 빵집

바닥에서 눈물을 끌어 올릴 힘이 있다면
정글을 누비는 하이에나의 이빨이라도 빌려 보아야
지

썩은 나무 둥치 뒤에서 사지가 축 늘어져 있는 웃음
이면 어때,
뼈를 잘 발라내고 웃는 살점만 갈기갈기 찢어 먹으
면 되지
그런 날은 단 하루만이라도 살만해지겠지

날마다 아침을 여는 나의 체구가 이삿짐 트럭은 될
수 없잖아,
피아노 건반을 두드리듯 발걸음을 내딛을 때마다
신발창에서도 도레미 송이 울려 퍼지게 하고 싶어

생명이 없는 웃음이면 어때, 우는 것보다는 웃는 게 백배는 더 좋지

내가 웃음천이 되면 나를 보는 이들도 따라 웃음 천국이 되겠지

똥구멍에 가을바람이 들듯 배창시가 터지도록 웃음을 꺼내 웃다보면

나도 모르게 거북한 속이 진정되어 편안해지기도 하잖아

웃음이 웃음을 빠르게 전파시키는 특별한 비결은 뭐 없을까,

허공에 나라를 건설하는 일도 아니고

전철역 부근에 웃음을 굽는 빵집 간판 하나 내 걸면 어떨까?

그러면 웃는 빵집을 지나는 사람들까지도 다 고소해 질 수 있겠지

새벽부터 웃음이 고픈 사람들끼리 모여 웃음을 직접 굽다보면

아침을 거르고 출근하는 이들에게

웃는 빵을 무료로 나누어 줄 수도 있겠지

웃는 빵을 먹고 일하는 사람들은
정치판에서도, 책상 앞에서도, 시장통에서도,
웃는 일만 척척 만들어내겠지
세상 구석구석이 웃는 꽃으로 만발하기 전에
내가 먼저 웃음이 대박 나는 빵집 주인이 될 수도
있겠지

웃음이란 사람의 마음과 표정의 변화를 나타내는 것이지만, 웃음의 유형들은 매우 다종다양하다고 할 수가 있다. 어떤 일의 성취감 때문에 너무나도 기뻐서 웃는 웃음, 아들의 합격이나 취업소식 같은 기쁨 때문에 조용하지만 환하게 웃는 웃음, 서로간에 정담을 주고받으며 유모어와 위트 때문에 배꼽을 잡고 웃는 웃음, 희극인들의 말놀이와 기상천외한 표정과 연기 때문에 배꼽이 빠지도록 웃는 웃음, 매우 어리석고 하찮은 인간들의 바보같은 짓 때문에 웃게 되는 웃음, 너무나도 어처구니가 없고 더 이상 기대할 것이 없는 실소失笑와도 같은 웃음 등, 웃음의 유형은 너무나도 다양하고 어느 누가 마음만 먹는다면 '웃음의 사회학'을 정립해볼 수도 있을 것이다.

웃으면 복이 온다는 말도 있고, 웃는 얼굴에 침을 뱉을 수 없다라는 말도 있다. 김찬옥 시인의 「웃음을 굽는 빵집』은 너무나도 어렵고 힘든 밑바닥의 삶에서 그 밑바닥의 삶을 딛고 '소문만복래笑門萬福來', 즉, '웃음의 시학'을 역설한 시라고 할 수가 있다. "바닥에서 눈물을 끌어 올릴 힘이 있다면/ 정글을 누비는 하이에나의 이빨이라도 빌려 보아야지"라는 시구는 이제는 어렵고 힘든 삶에 지쳐서 눈물의 샘마저도 말라버렸다는 것을 뜻하지만, 그러나 "썩은 나무 둥치 뒤에서 사지가 축 늘어져 있는 웃음"이라도 잡아 보겠다는 삶에의 의지를 드러낸 시구라고 할 수가 있다. 하이에나는 시체청소부이며, 시인이 시체청소부가 되었다는 것은 그의 웃음이 이미 죽었다는 것을 뜻한다. "뼈를 잘 발라내고 웃는 살점만 갈기갈기 찢어" 먹는다면 "그런 날은 단 하루만이라도 살만해"질 것이고, "신발창에서"는 "도레미 송이 울려 퍼지게" 될 것이다. "날마다 아침을 여는 나의 체구가 이삿짐 트럭은 될 수 없잖아"라는 시구는 이 세상에서 삶의 거처를 마련하지 못하고 끊임없이 떠돌아 다니고 있다는 것을 뜻한다. 얼마나 어렵고 힘든 삶을 살아왔으면 하이에나가 되어 사지가 축 늘어진 웃음을 찢어 먹고 싶다고 했겠으며, 또한, 얼마나 어렵고 힘들게 떠돌이—나그네의 삶을 살아 왔으면 이삿짐 트럭보다는 "피아노 건반을 두드리듯 발걸음을 내딛을 때마다/ 신발창에서도 도레미 송이 울려 퍼지게 하고" 싶었던 것일까?

웃음은 이 세상의 삶의 찬양이고 긍정이며, 웃음은 자기 자신을 활짝 열어 젖히고 타인들과 함께 잘 살아보겠다는 행복의 전도사라고 할 수가 있다. 삶은 웃음의 존재근거이고, 웃음은 행복의 인식근거이다. 너무나도 슬퍼하면 더 큰 슬픔이 찾아와 목을 눌러버리지만, 웃고, 또 웃으면 기쁨이 찾아와 그의 어깨를 두드려 준다. 얼굴을 찡그리고, 또 찡그리면 기쁨이 찾아오다가도 돌아가지만, 더없이 친절하고 상냥하게 웃으면 그의 모든 잘못마저도 다 용서해주게 된다. 생명 없는 웃음이라도 우는 것보다는 웃는 게 백배는 더 낫고, 내가 웃음의 천(샘)이 되면 모든 사람들은 웃음 천국의 원주민이 된다. "똥구멍에 가을바람이 들듯 배창시가 터지도록 웃음을 꺼내 웃다보면" 그 모든 근심과 걱정을 다 잊고, 우리는 모두가 다같이 잘 살 수 있게 된다. 어쩌다가 일가족이 몰살을 당한 사건들을 생각하면 나의 크나큰 슬픔은 아무 것도 아니고, 전재산을 다 잃고 실의에 잠겼다가도 그것이 '공수래공수거空手

來空手去'의 진면목이라고 생각하면 저절로 웃음이 나온다. 이 세상의 모든 것은 웃음의 뿌리가 되고, 그 어느 것도 웃지 않을 이유가 없다. 웃음이 웃음을 빠르게 전파시키는 특별한 비결은 허공에 나라를 건설하는 것도 아니고, "전철역 부근에 웃음을 굽는 빵집 간판 하나" 내거는 일일 수도 있다. 웃음을 굽는 빵집에서 웃음을 굽다보면 웃는 빵집을 지나는 사람들까지도 다 고소해지고, 새벽부터 저녁까지, 저녁부터 새벽까지, 이 세상의 모든 웃음이 고픈 사람들에게 웃는 빵을 무료로 나누어 줄 수도 있을 것이다.

최하 천민의 밑바닥 삶에서 그 밑바닥의 삶을 살며, 그 밑바닥의 삶을 통해「웃음을 굽는 빵집」을 연출해낸 극적 구조와 반전의 드라마는 김찬옥 시인의 현실주의의 승리이자 낙천주의의 승리라고 할 수가 있다. 현실주의는 성실하고 긍정적인 삶의 소산이고, 낙천주의는 성실하고 긍정적인 삶을 모든 인간들의 행복으로 승화시킨 인식의 힘의 소산이라고 할 수가 있다. 웃는 빵을 먹고 일하는 사람들이 "정치판에서도, 책상 앞에서도, 시장통에서도/ 웃는 일만 척척 만들어" 내게 될 것이다. 만일, 그렇게 된다면, "세상 구석구석이 웃는 꽃

으로 만발하기 전에/ 내가 먼저 웃음이 대박 나는 **빵**
집 주인이 될” 것이다. 슬픔을 기쁨으로, 절망을 희망
으로, 불행을 행복으로 반전시키는 김찬옥 시인의 솜
씨는 ‘웃음의 시학’의 연출가이자 ‘행복의 전도사’의 그
것이라고 할 수가 있다.

웃는 빵, 웃는 꽃, 내가 먼저 웃음이 대박나는 빵집
주인, 웃음을 굽는 빵집 등─. 아아, 이 말들은 내가 지
금까지 들은 가장 아름답고 풍요로운 모국어이자 전인
류의 공용어가 될 한국어인 것이다.

아아, 이처럼 아름답고 풍요로운 한국어와 우리 한
국인들의 백절불굴의 삶의 정신과 그 용기를 선사해준
김찬옥 시인에게 무한한 경의를 표한다.

김진열
남극일기

2개월 후 둘째가 태어난다 얼음과 눈이 덮인 빙하, 영하 30도의 회사는 문을 닫았다 손 부장도 박 차장도 극지 탐험을 떠났다 손을 벌릴 유일한 혈육 극락조자리 누나, 지구인이 공유하기로 한 약속을 깨고, 남편의 사업실패로 제7대륙의 공룡 화석을 찾아 이민을 떠났다

판구조론을 벗어나, 8번째 이력서를 낸 곳에서도 썰매의 끈이 끊어졌다 영하 40도에서 돌아오는 길, 술 취한 남자가 놀이 빙산 크레바스에 빠질 때 탐험대원 지갑 속에 눈보라가 몰아친다

욕이 얼어붙어 고드름이 된다 쇄빙선이 멀미를 하고, 폭풍 속에서 회오리치는 친구들의 얼굴이 하늘에서 환청으로 얼어붙는다 기지 도착 전 시계視界의 끝까지 흰색과 청색을 이룬 횡단보도, 잔물결이 만드는 작

은 파도소리, 멀리 헤드라이트 불빛, 빙하의 붕괴, 뛰어들고픈 충동

　현관에 본부를 차린 아내가 쏘아 붙이기 시작한다 지금 그렇게 헤매고 다닐 때야? 영하 50도까지 떨어진다 새끼 펭귄이 슬그머니 물속으로 숨는다 바다로 나가는 길이 막혀 탈출구가 없다 인형을 끌어안고 쓰러진다 백야다

인간의 역사에 있어서 가장 위대한 발명은 언어이며, 언어가 있었기 때문에 우리 인간들은 만물의 영장이 되었다고 할 수가 있다. 언어는 사물을 인식하고 명명하고, 언어는 어떤 사건과 현상을 발견하고 그것의 원인과 결과를 기록한다. 할아버지의 사유가 아버지에게로 이어지고, 아버지의 사유가 아들에게로 이어지며 역사는 그 힘찬 발걸음을 멈추지 않는다. 태초에 언어가 있었고, 언어로 만물을 창조하고, 언어로서 그 모든 만물이 꽃을 피우고 열매를 맺는다. 모든 사물과 사건, 모든 현상과 진리, 모든 감정과 사상, 모든 재산과 의지까지도 언어이며, 요컨대 언어가 최종 심급이라고 할 수가 있는 것이다. 인간은 언어 속의 존재이며, 그가 어떤 언어를 사용할 수 있느냐에 따라서 그의 사회적 신분과 그 위치가 결정된다고 할 수가 있는 것이다.

김진열 시인의 「남극일기」는 말(언어)과 말들의 경연

장이며, 이 명문장들이「남극일기」의 고산영봉들과 거대한 산맥을 이루고 있다고 할 수가 있다. 얼음과 눈 덮인 빙하가 나타나면 영하 30도의 회사와 극지 탐험이 나타나고, 유일한 혈육인 극락조자리의 누나가 나타나면 제7대륙의 공룡 화석이 나타난다. 판구조론을 벗어나, 8번째 이력서가 나타나면 썰매의 끈과 영하 40도가 나타난다. 술 취한 남자와 놀이 빙산 크레바스가 나타나면 탐험대원의 지갑과 눈보라가 나타난다. 욕이 얼어붙어 고드름이 되면 쇄빙선이 멀미를 하고, 폭풍 속에 친구들의 얼굴이 환청으로 얼어붙으면 기지 도착 전 시계視界의 끝까지 흰색과 청색으로 이루어진 횡단보도가 나타난다. 이밖에도 잔물결이 만드는 작은 파도소리, 헤드라이트 불빛, 빙하의 붕괴, 뛰어들고픈 충동 등이 나타나면 현관에 본부를 차린 아내, 영하 50도, 새끼 펭귄, 인형, 백야 등이 나타난다. 시는 말들의 경연장이며, 이 말들의 축제가 삶의 축제를 이룬다. 말들의 축제, 삶의 축제는 삶의 결이고, 아름다운 고산영봉으로 이루어진 거대한 산맥과도 같다. "2개월 후 둘째가 태어난다 얼음과 눈이 덮인 빙하, 영하 30도의 회사는 문을 닫았다", "손 부장도 박 차장도 극지 탐험

을 떠났다"라는 시구가 그것이 아니라면 무엇이고, "판
구조론을 벗어나, 8번째 이력서를 낸 곳에서도 썰매의
끈이 끊어졌다", "영하 40도에서 돌아오는 길, 술 취한
남자가 놀이 빙산 크레바스에 빠질 때 탐험대원 지갑
속에 눈보라가 몰아친다"라는 시구가 그것이 아니라면
무엇이란 말인가? 또한, "욕이 얼어붙어 고드름이 된
다 쇄빙선이 멀미를 하고, 폭풍 속에서 회오리치는 친
구들의 얼굴이 하늘에서 환청으로 얼어붙는다", "기지
도착 전 시계視界의 끝까지 흰색과 청색을 이룬 횡단보
도, 잔물결이 만드는 작은 파도소리, 멀리 헤드라이트
불빛, 빙하의 붕괴, 뛰어들고픈 충동"이 그것이 아니
라면 무엇이고, "현관에 본부를 차린 아내가 쏘아 붙이
기 시작한다 지금 그렇게 헤매고 다닐 때야? 영하 50
도까지 떨어진다 새끼 펭귄이 슬그머니 물속으로 숨는
다 바다로 나가는 길이 막혀 탈출구가 없다 인형을 끌
어안고 쓰러진다 백야다"라는 시구가 그것이 아니라면
무엇이란 말인가?

실직이란 무엇이고, 구직이란 무엇인가? 실직이란
생존경쟁에서의 이탈을 뜻하고, 구직이란 생존의 안전
성을 확보하기 위해 일자리를 구하는 것을 뜻한다. 실

직은 생존경쟁에서의 이탈이며, 이탈은 위기이고, 이
위기의식이 극한지역인 남극대륙을 융기시킨다. 이처
럼 남극대륙을 융기시킨 김진열 시인의 말들이 그 진
정성을 얻으면 "2개월 후 둘째가 태어난다 얼음과 눈
덮인 빙하, 영하 30도의 회사는 문을 닫았다"라는 명
문장들이 나타나고, 이 명문장들의 연쇄반응에 의하
여 "손 부장도 박 차장도 극지 탐험을 떠났다 손을 벌
릴 유일한 혈육 극락조자리 누나, 지구인이 공유하기
로 한 약속을 깨고, 남편의 사업실패로 제7대륙의 공
룡 화석을 찾아 이민을 떠났다"라는 명문장들이 나타
난다. 이른바 메아리 효과이자 반향효과이며, 김진열
시인의 절차탁마의 정신이 최고급의 인식의 제전으로
나타난 것이다. "판구조론을 벗어나, 8번째 이력서를
낸 곳에서도 썰매의 끈이 끊어졌다"는 구직의 어려움
이 "영하 40도에서 돌아오는 길, 술 취한 남자가 놀이
빙산 크레바스에 빠질 때 탐험대원 지갑 속에 눈보라
가 몰아친다"라는 절망의 눈보라를 몰고 오게 된다. 욕
이 얼어붙어 고드름이 되고 쇄빙선마저도 멀미를 하는
절망감, 수많은 실직자들과 구직자들의 얼굴이 하늘에
서 환청으로 얼어붙는 절망감, 기지 도착 전 시계視界의

끝까지 눈의 흰색과 하늘의 푸른 색 뿐인 남극대륙—. 아아, 이 구직전선, 이 생존의 무게가 얼마나 힘에 겨웠으면 욕이 얼어붙은 고드름이 되고, 쇄빙선이 멀미를 했던 것이고, 또한, 현관에 본부를 차린 아내의 독설이 얼마나 무서웠으면 영하 40도가 영하 50도로 떨어지고, 아내와 아이를 끌어안고 잠을 청해도 잠을 이룰 수가 없는 백야가 되었단 말인가? 해가 지지 않는 백야, 밤이 오지 않고 잠을 잘 수 없는 백야가 김진열 시인의 「남극일기」를 이 세상에서 가장 아름다운 명시로 이끌어 올려준다.

강 건너 불구경도 아름답고, 밤이 없는 남극의 백야 현상도 아름답다. 모든 말과 말들의 향연은 극한지역에서의 향연이고, 극한지역에서의 향연이기 때문에 더욱더 아름다운 명문장들, 즉, 최고급의 인식의 제전으로 타오른다. 앏은 언어를 선택하고, 언어는 그 인식의 힘으로 어떤 사물과 사건을 정확하게 꿰뚫는다. 천의무봉天衣無縫, 즉, 군더더기가 하나도 없고, 천길 벼랑끝의 소나무와 독수리처럼 어느 누구도 감히 해낼 수 없는 기적을 연출해낸다. 시의 토대는 생존의 벼랑끝이고, 시인은 생존의 벼랑끝에서 삶의 묘기를 펼쳐보이는 모험가와도 같다.

　김진열 시인의 「남극일기」는 실직과 구직 사이에서 삶의 갈피를 잡지 못하고 있는 한 젊은 가장의 절규이며, 이 절규가 남극의 백야 현상으로 나타나고 있는 시라고 할 수가 있다. 실직과 구직 사이의 무대를 남극으로 상정하고, 그 가상의 극한지역에서의 생존투쟁을 너무나도 아름답고 극적인 명문장들을 통해서 만인들의 마음을 사로잡고 있다고 하지 않을 수가 없다.

　시는 언어의 예술이며, 시인의 앎의 깊이와 정비례한다. 많은 아는 자가 가장 정교하고 세련된 언어를 사용하고, 많이 아는 자가 가장 아름답고 뛰어난 시를 쓰게 된다. 말과 삶은 하나이고, 말의 축제는 삶의 축제이며, 시는 최고급의 인식의 제전의 꽃이라고 할 수가 있다.

최금녀
사춘기

공터가 있었다
숙제 대신
돌무더기가 있는 공터를 그렸다
공터에서 움직이는 동물들을 그렸다

나는 숙제를 하지 않았다
돌무더기 속에서 부풀어 오르는 그림이 재미있었다
알 수 없는 그림들을 쫓아다녔다

돌무더기를 생각했다

문간방에서 안방으로 이사를 하고
남학생들의 교복이 우스웠다
소설책을 감추고 읽었다

다음

그다음

그다음 때문에 잠을 자지 못했다

알 것같은

어른이 되면 알게 될 것이라는 말은

썼다가 지웠다

학기가 시작되고

나는 숙제를 열심히 했다

그 다음을 미루고

공터를 미루고

중3으로 올라갔다.

딸아이가 초경을 시작하면 마을잔치를 하고, 공식적으로 이성과의 교제를 허락하는 원시부족이 있다는 책을 읽은 적이 있었다. 이처럼 남녀 사이의 연애를 자연의 순리에 맡긴 사회에서는 사춘기라는 몹쓸 돌림병이 없었을는지도 모른다. 사춘기란 몸의 생식기능이 완성되고, 이성에 관심을 가지는 젊은 시기를 말한다. 사춘기는 육체적인 성장과 함께 정신적인 성장이 이루어지는 시기이며, 종족의 명령에 따라 이성에 눈 뜬 주체자가 자기 짝을 찾는 시기라고 할 수가 있다.

　하지만, 그러나 대부분의 문명사회는 도덕과 윤리의 이름으로 인간의 성적 욕망을 억압하고, 그 결과, 무조건적인 반항과 불손한 언동, 그리고 사회적인 탈선과 비행 등으로 얼룩진 '사춘기라는 돌림병'을 앓게 했던 것이다. 최금녀 시인의 시는 비몽사몽간의 '사춘기적 돌림병의 투병일기'이며, 인간의 도덕과 윤리가 한 어린 여학생의 의식과 무의식을 그 얼마나 억압했는가를 보여주고 있다고 할 수가 있다. 사춘기는 공터가 되고, 공터는 텅 비었으니까, 그 무엇인가로 채워져야 한다. 나는 숙제 대신 돌무더기가 있는 공터를 그렸고, 그 돌들을 누군가에게 던지고 싶어했다. 이때의 돌은 나의 짝을 맞추고 싶은 돌이며, 내가 좋아하는 짝들은 돌무더기만큼이나 많았다는 것을 뜻한다. 공터에서 움직이는 동물들을 그렸다는 것은 나의 짝들이 성적 욕망의 화신인 동물들로 변형되었다는 것을 뜻하고, 따라서 나는 학교 숙제를 하지 않았고, "돌무더기 속에서 부풀어 오르는" "알 수 없는 그림들을 쫓아다녔다." 나는 이미 조숙한 요조숙녀였고, 요즈음 말로는 동영상의 음란물, 그 옛날의 말로는 연애소설이나 춘화를 탐닉하는 그야말로 혼돈의 시절을 보냈던 것이다.

　숙제 대신 돌무더기가 있는 공터와 동물들의 그림과 알 수 없는 그림들을 쫓아다닐 때, "문간방에서 안방으로 이사를" 했다는 것은 다 큰 딸에 대한 어른들의 감시와 단속의 눈초리가 더욱더 심해졌다는 것을 뜻하지만, 그러나 나는 남학생들의 교복을 우습게 깔보며 이광수의『무정』이나 플로베르의『보바리 부인』, 토마스

하디의 『테스』 등의 연애 소설 등을 읽게 되었던 것이다. 어른들은 사춘기 소녀들의 성적 욕망을 더럽고 추한 욕망으로 단죄하고 더없이 착하고 모범적인 학창 시절을 보낼 것을 강요하지만, 그러나 사춘기를 맞이한 어린 소녀들은 이글이글 타오르는 성적 욕망과 함께, 모범학생의 길에서 매우 어렵고 힘든 내적 갈등의 시기를 겪게 된다. 대부분의 어린 소녀들이 모범학생의 의지로 성적 욕망을 이겨냈을지라도 사춘기적 돌림병의 상흔은 남게 되고, 다른 한편, 그 성적 욕망을 어쩌지 못해 동영상의 음란물이나 춘화에 빠져드는 것은 물론, 심지어는 가출과 함께 그의 인생 전체를 망가뜨리게 된다.

최금녀 시인의 「사춘기」의 소녀는 그토록 무섭고 사나운 혼돈의 시절을 겪었지만, 그러나 중학교 2학년의 어린 여학생으로는 그 어떤 일도 할 수가 없었다. "그 다음/ 그 다음"의 단계, 즉, 이성과의 간절한 사랑이 그리웠고 그래서 잠을 제대로 자지 못했지만, "어른이 되면 알게 될 것이라는 말"을 썼다가 지우며, 그 무섭고 사나운 혼돈의 시절을 보냈던 것이다. 그 다음, 그 다음, 사춘기의 그 무섭고 사나운 혼돈의 시기를 보내고,

"나는 숙제를 열심히"했고, 그 다음, 그 다음의 공터를 미루고 중학교 3학년으로 진급을 했다.

사춘기는 정신적으로나 육체적으로 성숙했다는 것을 뜻하고, 자기 짝을 찾아 사랑의 결실을 맺으라는 종족의 명령을 뜻한다. 최금녀 시인의 「사춘기」는 춘래불사춘春來不似春에 맞닿아 있는데, 왜냐하면 봄이 왔지만, 봄이 오지 않은 것이나 마찬가지였기 때문이다. 문화는 자연에 반하는 도덕과 윤리를 제도화하고, 도덕과 윤리는 자기 짝을 찾는 인간의 성적 욕망을 억압한다. 최금녀 시인은 사춘기의 체험을 육화시키고, 그것을 정신분석학적인 그림으로 색칠을 한다. 공터, 돌무더기, 동물들의 그림, 남학생들의 교복, 춘화, 음란물, 연애소설 등은 사춘기적 돌림병의 증거이자 소재들이라고 할 수가 있다. 시는 그림이 되고, 그림은 시적 화자와 그 이미지들에 현실성과 적합성을 부여한다.

사춘기, 집을 떠나기도 전에 여행은 끝났다.

너무나도 불순하고 너무나도 아름다운—.

너무나도 허전하고, 너무나도 텅빈 공터같은

안희연
알혼*에서 만나

알혼*은 작은 숲이라는 뜻이래
기차를 타고 배를 타면 언제든 갈 수 있는 곳

그런데 알혼은 그렇게만 갈 수 있는 곳은 아닐 거야
둥지가 품은 알의 영혼 같기도
네 혼을 알라, 훈내는 소크리데스의 말 같기도 한

알혼,
아무리 영혼이 궁금하더라도
둥지에서 알을 훔칠 수는 없지

둥지에서 손을 거둘 때 알 하나가
실수로 미끄러져 깨졌더라도

그럴 때 깨진 건 알이 아닐 확률이 높다

손이 닿는 순간 이미 충분히 상했을 것이다

그러니까 알혼, 긁히거나 멍든 자국,
언제 어디서 부딪혔는지 알 길 없지만

몸에 머물다 사라지는 검푸른 빛이 있다는 것
그건 내게도 영혼이 있다는 증거 아닐까, 누군가 나
의 영혼을 꾸욱 건드려본 것은 아닐까

알혼으로 가는 길은 하나가 아닐 것이다
과녁처럼 서서 쏟아지는 비를 맞는다

내리는 것은 비가 아니라 칼일 수도 있지만
도착은 해도 다다를 수는 없겠지만

* Olkhon : 러시아 바이칼호의 섬.

알혼은 러시아 바이칼 호수에 있는 섬의 이름이며, 그 이름의 어원은 '작은 숲'이라고 한다. 알혼은 기차를 타고 배를 타면 언제든지 갈 수 있는 곳이지만, 그러나 알혼은 그렇게 간단하고 쉽게 갈 수 있는 곳이 아니다. 왜냐하면 "알혼으로 가는 길은 하나가" 아니고, 과녁처럼 쏟아지는 비를 맞으며 도착해도 다다를 수 없는 곳이기 때문이다. 알혼은 존재하면서도 존재하지 않고, 존재하지 않으면서도 존재하는 그런 이상낙원인지도 모른다.

진리는 하나이지만, 현자는 이를 여러 이름으로 언표한다는 힌두경전의 말이 있다. 싯다르타, 고타마 붓다, 여래, 석가모니 등은 부처의 다른 이름들이고, 야훼, 여호와, 예수 등은 기독교적인 하나님의 다른 이름들이고, 포세이돈, 하데스, 아폴로, 아프로디테, 헤라클레스 등은 제우스의 다른 이름들인지도 모른다. 신은 전지전능한 영생불사의 존재이며, 이 전지전능한 신은 그때 그때마다 수많은 다른 이름과 그 모습으로 나타난다. 알혼은 이상낙원이며, 안희연 시인의 말에 따르면, 수많은 다른 이름들을 갖고 있다. 작은 숲을 뜻하는 알혼, 새들이 알을 낳은 알혼, 소크라테스적인 인간의 영혼, 인간이 실수로 깨뜨리면 알이 아닌 알혼, "언제, 어디서 부딪혔는지 알 길 없지만" "긁히거나 멍든 자국"이 있는 알혼, 그래서 내 영혼이 있다는 증거 같은 알혼, 끝끝내 기차를 타고, 배를 타고, 과녁처럼 쏟아지는 비를 맞고 도착해도 다다를 수 없는 알혼이 바로 그것을 말해준다.

만일, 그렇다면 우리는 어떻게 알혼으로 가고, 우리는 또한, 어떻게 알혼에서 만날 수가 있는 것일까? 도道란 만물의 기원이며, 만물의 보편법칙이고, 덕德이란 이 도의 법칙에 따라 사는 것을 말한다. 이 세상의 행복은 도덕을 실천하는 데 있고, 도덕을 실천하면 그는 전지전능한 신적인 존재가 될 것이다. 도덕은 어진 현자의 길이고, 만인평등의 길이다. 도덕은 인류평화의 길이고, 인류 행복의 길이다. 도덕국가는 이상낙원이며, 이 이상낙원이 안희연 시인의 「알혼」일 것이다.

안희연 시인의 「알혼」은 기차를 타고 배를 타고 갈
수 있다는 점에서는 현실적이고, 소크라테스적인 인간
의 영혼이 살고 있다는 점에서는 이상적이고, 과녁처
럼 쏟아지는 비를 맞고 도착해도 다다를 수 없다는 점
에서는 신비적이다. 만물의 기원이며 만물의 보편법칙
인 도덕도 존재하지 않고, 이 세상의 이상낙원인 「알
혼」도 존재하지 않는다. 존재하면서도 존재하지 않고,
존재하지 않으면서도 존재하는 이상낙원을 찾아가는
것이 삶이고, 그곳을 노래하는 것이 우리들의 만남의
합창이 되고, 알혼의 신비로운 아름다움이 이 세상의
행복의 무늬가 된다.
   삶은 환영이고 신비이며, 이 삶의 진리는 그 어느 누
구나 제멋대로 이해하고 향유할 수가 있다. 진리는 하
나이지만, 수많은 얼굴과 다른 이름들을 갖고 있다.

공광규
별국

가난한 어머니는
항상 멀덕국을 끓이셨다

학교에서 돌아온 나를
손님처럼 마루에 앉히시고

흰 사기그릇이 앉아 있는 밥상을
조심조심 받들고 부엌에서 나오셨다

국물 속에 떠 있던 별들

어떤 때는 숟가락에 달이 건져 올라와
배가 불렀다

숟가락과 별이 부딪치는

맑은 국그릇 소리가 가슴을 울렸는지

어머니의 눈에서
별빛 사리가 쏟아졌다

제아무리 가난해도 꿈이 있으면 그의 가난은 가난이 아니다. 정말로 가난한 사람은 최저생활의 밑바닥에서 쓰레기통을 뒤지거나 장발장이나 라스콜리니코프처럼 죄를 짓게 된다. 열흘 굶어서 도둑질 하지 않을 사람이 없다는 말이 있듯이, 인간 이하의 '생계형 범죄'를 저지르는 사람에게는 꿈이라는 말조차도 사치이기 때문이다.

　이 세상에는 가난의 종류도 매우 많고, 가난의 색깔과 그 유형도 수많은 사람들의 얼굴처럼 더없이 많고 다양하다고 할 수가 있다. 경제적으로는 아주 부유하지만 마음이 더없이 가난한 자의 가난, 먹고 살 걱정이 없으면서도 돈 쌓이는 속도가 느리다고 투덜대는 가난, 간신히 목구멍에 풀칠을 하고 살면서도 더없이 상냥하고 친절하게 사는 자의 가난, 자나깨나 하루살이처럼 바쁘게 살면서도 한시도 고귀하고 위대한 꿈을 잃지 않고 사는 자의 가난, 부의 이전과 사회적 신분 이동이 가능하지 않은 사회에서 '유전무죄-무전유죄'라는 구조적 모순 때문에, 살인, 사기, 강도, 절도 등의 생계형의 범죄를 저지르며 살아가는 자의 가난 등이 그것을 말해준다.

　나는 공광규 시인의 「별국」을 읽으면서 공광규 시인의 가난은 가난이 아니라고 생각했다. 왜냐하면 그의 가난은 꿈이고 낭만이며, 한 편의 명시로 탄생한 아름답고 행복했던 가난이었기 때문이다. "가난한 어머니는/ 항상 멀덕국을 끓이"셨고, "학교에서 돌아온 나를/ 손님처럼 마루에 앉히시고/ 흰 사기그릇이 앉아 있는 밥상을/ 조심조심 받들고 부엌에서 나오"셨던 것이다. 멀덕국이란 건더기보다 국물이 더 많은 국을 말하고, 사랑하는 아들, 즉, 손님처럼 귀한 아들에게 멀덕국의 밥상을 차려야만 했던 어머니의 마음은 얼마나 쓰라리고 아팠던 것인가를 생각하면, 지금도, 이 순간에도 그 아들의 눈물샘은 마를 날이 없었을 것이다.

　국물 속에는 동태나 두부 몇 점, 또는 멸치나 돼지비계 몇 점이 떠 있던 것인지도 모르고, 다른 한편, 살이라고는 하나도 없는 돼지와 소뼈다구들이 들어 있었는지도 모른다. 국물 속에 떠 있던 작은 건더기는 별이 되고, 국물 속에 떠 있던 큰 건더기는 달이 되었다. 하지만, 그러나 "국물 속에 떠 있던 별들," "어떤 때는 숟가락에 달이 건져 올라와/ 배가 불렀다," "숟가락과 별이 부딪치는/ 맑은 국그릇 소리가 가슴을 울렸는지," "어머니의 눈에서/ 별빛 사리가 쏟아졌다"라는 매우 아름답고 멋진 시구들은 어느 누구나 쓸 수 있는 시구들이 아니다. 공광규 시인에게 가난은 행운이고 축복이었으며, 그는 이 행복한 삶을 어느 누구도 쓸 수 없는「별국」으로 탄생시킨 것이다.

진짜로 가난한 사람은 국물 속에 떠 있는 별을 보지 못하고, 언제, 어느 때나 숟가락으로 달을 건져 올리지도 못한다. 또한 "숟가락과 별이 부딪치는/ 맑은 국그릇 소리가 가슴을 울렸는지"도 모르고, "어머니의 눈에서/ 별빛 사리가 쏟아"진 것도 모른다. 가난은 하늘의 별과 달을 띄워놓고, 그의 시적 재능을 마음껏 펼쳐보이게 하는 원동력이었던 것이며, 그는 이 아름답고 풍요로운 가난이 있었기 때문에 이처럼 아름답고 뛰어난「별국」이라는 소우주를 창출해냈던 것이다.

그 어떤 부유함보다도 더욱더 아름답고 행복한 가난

의 징표인 별빛 사리—. 가난은 눈물(사랑)이 되고, 눈물은 별빛 사리가 되었던 것이다.

최승자
어떤 아침에는

어떤 아침에는, 이 세계가
치유할 수 없이 깊이 병들어 있다는 생각.

또 어떤 아침에는, 내가 이 세계와
화해할 수 없을 만큼 깊이 병들어 있다는 생각.

내가 나를 버리고
손 발, 다리 팔, 모두 버리고
그리하여 마지막으로 숨죽일 때
속절없이 다가오는 한 풍경.

속절없이 한 여자가 보리를 찧고
해가 뜨고 해가 질 때까지
보리를 찧고, 그 힘으로 지구가 돌고 …….

시간의 사막 한 가운데서
죽음이 홀로 나를 꿈꾸고 있다.
(내가 나를 모독한 것일까,
이십 세기가 나를 모독한 것일까.)

시인이란 영혼이 맑은 사람이며, 그 순수함 때문에 사회적인 부적응자가 되어 몹시 고통을 받게 된다. 확실한 꿈에는 언제나 결석하였고 그 때문에 사형선고를 받았다는 이상, 자유와 민주주의를 위하여 언제, 어느 때나 혁명을 꿈꾸었던 김수영, 하늘을 우러러 한 점의 부끄러움도 없기를 바랐던 윤동주, 언제, 어느 때나 시인연습을 하면서 더없이 맑고 깨끗한 사회를 꿈꾸었던 박남철 시인 등──, 그들은 모두가 다같이 영혼이 맑은 사람이며, 그 때문에 "창조적 천재란 정신병의 부산물"이라는 말이 생겨났던 것인지도 모른다.

　최승자 시인의 「어떤 아침에는」 창조적 천재의 고민과 그 사유의 깊이가 담겨 있으며, 너무나도 당연하지만 그의 비극적인 삶과 미래의 운명의 싹이 자라나고 있었다고 해도 과언이 아니다. 시인은 쾌락원칙에 충실한 사람이며, 어떤 경우에도 이상적인 꿈을 포기하고 싶어하지 않는다. 이에 반하여, 이 세상은 현실원칙에 충실한 사람들의 세상이며, 언제, 어느 때나 자기 자신의 꿈만을 생각하는 자들을 짓누르고 싶어한다. 이 꿈과 현실의 대립 갈등이 시인과 타인들과의 진정한 싸움의 핵심이며, 대부분의 이 싸움에서 시인들이 패배하고 만다.

어떤 아침에는 이 세계가 치유할 수 없이 깊이 병들었다는 생각을 하게 되고, 또 어떤 아침에는 내가 이 세계와 화해할 수 없을만큼 깊이 병들었다는 생각을 하게 된다. 양비론이지만 둘 다 맞고, 둘 다 틀릴 수도 있다. 최승자 시인은 꿈과 현실, 즉, 나와 이 세계와의 싸움에서 나의 꿈을 포기하고, "내가 나를 버리고/ 손발, 다리 팔, 모두 버리고/ 그리하여 마지막으로 숨죽일 때/ 속절없이 다가오는 한 풍경"이라는 시구에서처럼, 현실에 순응을 하고 싶어 하지만, 그러나 그것은 사는 것이 죽는 것보다 못한 삶에 지나지 않는다. 왜냐하면 "속절없이 한 여자가 보리를 찧고/ 해가 뜨고 해가 질 때까지/ 보리를 찧고, 그 힘으로 지구가" 돌지라도 그것은 이 세상의 어중이 떠중이들의 삶에 지나지 않기 때문이다.

시인은 영혼이 맑은 사람이며 꿈을 꾸고 사는 사람이지, 그토록 어렵고 힘든 삶의 보릿고개를 넘어가기 위해 사는 사람이 아니기 때문이다. 현실은 언제, 어느 때나 시인의 꿈을 억압하고 짓누르지만, 그가 꿈을 버릴 때, 시인은 이미 시인이 아닌 것이다. 시인과 세계와의 불화는 근본적인 것이며, 이 불화가 있기 때문에, 시인의 언어가 이 세계의 시대정신과 어중이 떠중이들의 멱살을 움켜쥐고 구원의 손길을 펼칠 수가 있는 것이다.

째깍째깍, 시간의 사막이 펼쳐지고, 점점 더 죽음의 손길이 그에게 다가온다. 최승자 시인의 비극적인 운명은 이 세상의 현실과 타협하지 않은 탓일 수도 있고, 그의 티없이 맑고 순수한 영혼을 허락하지 않는 '이십세기' 탓일 수도 있다.

최승자 시인의 「어떤 아침에는」이 더욱더 충격적이고 감동적인 것은 이 세계와 자기 자신이 치유할 수 없이 깊이 병들었다는 인식 아래, 자기 고백과 자기 폭로를 감행함으로써 최후의 종말을 예감하고 있다는 사실일 것이다. 나는 죽어도 내 꿈을 포기할 수 없고, 생존만이 최우선인 어중이 떠중이들의 삶을 살 수 없다.

나는 나 자신을 모독한다. 아니, 이십 세기가 나를 모독한다. 모독하는 자와 모독당하는 자가 하나가 되어 그를 가장 행복한 시인으로 이끌고 간다.

　가장 행복한 시인은 가장 훌륭한 시인이며, 가장 훌륭한 시인은 가장 불행한 시인이다.

홍명희

울음

처음엔 그것이 노래인 줄 알았다
흐르는 물결에 장단을 맞추고
먼 산 너머 아지랑이 부르는 노래인 줄 알았다

껑충껑충 뛰어 마당을 가로지르며
훨훨 타오르는 이글거리는 불꽃이
두 팔 감싼 옷자락의 춤사위인 줄 알았다

하늘을 물들이던 붉은 태양이
푸른 바다의 심장 한 가운데로 뛰어들어
마침내 물결치는 파도마저
핏빛 노을로 물들이고 나서야

그것이 나를 찾는 눈물인 줄 알았다
그것이 나를 부르는 너의 쉰 목소린 줄 알았다

그것이 온 밤을 새워 너를 찾던
내 울음인 걸 알았다.

일분일초는 매번 새로운 일분일초이고, 하루하루는 매번 새로운 하루하루이다. 어제의 강물이 오늘의 강물이 아니듯이, 어제의 사유는 오늘의 사유가 아니다. 변화와 운동은 이 세상의 근본법칙이며, 변화와 운동은 모든 혁명의 원동력이라고 할 수가 있다. 시는 사상의 꽃이고, 사상은 시의 열매이다. 시는 날이면 날마다 혁명으로 꽃 피고, 사상은 날이면 날마다 혁명으로 열매를 맺는다.

홍명희 시인의 「울음」은 사유의 혁명에 기초하고 있으며, 이 사유의 혁명이 '이루어질 수 없는 사랑의 노래'로 울려퍼지고 있는 것이다. "처음엔 그것이 노래인 줄 알았다/ 흐르는 물결에 장단을 맞추고/ 먼 산 너머 아지랑이 부르는 노래인 줄 알았다// 겅충겅충 뛰어 마당을 가로지르며/ 훨훨 타오르는 이글거리는 불꽃이/ 두 팔 감싼 옷자락의 춤사위인 줄 알았다"라는 무지의 상태에서 "하늘을 물들이던 붉은 태양이/ 푸른 바다의 심장 한가운데로 뛰어들어/ 마침내 물결치는 파도마저/ 핏빛 노을로 물들이고 나서야// 그것이 나를 찾는 눈물인 줄 알았다/ 그것이 나를 부르는 너의 쉰 목소린 줄 알았다/ 그것이 온 밤을 새워 너를 찾던/ 내 울음인 걸 알았다"의 앎의 상태로의 이행이 최고급의 인식의 제전으로 울려퍼지고 있는 것이다. "흐르는 물결에 장단을 맞추고/ 먼 산 너머 아지랑이 부르는 노래"가 울음으로 변모되고, "하늘을 물들이던 붉은 태양이/ 푸른 바다의 심장 한가운데로 뛰어들어/ 마침내 물결치는 파도마저/ 핏빛 노을로 물들"이는 눈물이 된다. 왜, 무엇 때문에 흐르는 물결에 장단을 맞추고 먼 산 너머 아지랑이 부르는 노래가 울음이 된 것이며, 왜, 무엇 때문에 하늘을 물들이던 붉은 태양이 푸른 바다의 심장 한가운데로 뛰어 든 핏빛 노을이 된 것일까? 여기에는 다 그럴만한 까닭이 있는데, 이 세상의 삶은 노래가 아니라 울음이기 때문이다.

모든 사랑은 이상적이며, 이상적인 사랑은 혁명적이다. 사랑은 날이면 날마다 새롭게 변하고, 이 사랑은 그 어떤 법률과 제도, 또는 그 어떤 전통과 풍습으로도

제어할 수가 없다. 사랑은 이루어질 듯 이루어지지 않으며, 사랑은 결혼을 하고 나면 먼 산 너머 아지랑이처럼, 또는 훨훨 타오르는 불꽃처럼 사라지고 만다. 태양은 인간의 꿈과도 같고, 그것은 무의식적 소망의 충족 욕구와도 같다. 태양이 떠오를 때는 모든 것이 춤과 노래가 되고 이상적인 그의 꿈이 실현된 것 같지만, 그러나 태양이 푸른 바다의 심장 한가운데로 뛰어들어 핏빛 노을이 될 때는 그의 이상적인 꿈(사랑)이 이루어질 수가 없다는 것을 깨닫게 된다.

사랑은 노래가 아니라 울음이고, 사랑은 이글이글 타오르는 불꽃이 아니라 푸른 바다의 심장 한가운데로 뛰어드는 핏빛 노을이다. 사랑은 나를 찾는 눈물이고, 나를 부르는 목 쉰 소리이며, 사랑은 온 밤을 새워 나를 찾는 내 울음이다. 나는 네 곁에 있지만 네가 찾던 나는 없고, 너는 내 곁에 있지만, 내가 온 밤을 새워 찾던 너는 없다. 우리는 모두가 다같이 이 세상 그 어디에도 없는 이상적인 사랑을 찾는 나르시소스이며, 이것이 홍명희 시인의 「울음」의 기원이 되고 있는 것이다.

울음이란 무엇인가? 울음이란 '울다'의 명사형으로 감정 상태에 반응하여 눈물을 흘리는 것을 말한다. 우리는 기쁠 때에도 울고, 슬플 때에도 울며, 너무나도 마음과 몸이 아플 때에도 운다. 사랑은 노래가 아닌 울음이고, 사랑은 이글이글 타오르는 불꽃이 아니라 푸른 바다의 심장 한가운데로 뛰어드는 핏빛 노을이다. 꿈이 크면 아침에 떠오르는 태양이거나 또는 한낮의 이글이글 타오르는 태양과도 같고, 꿈이 좌절되면 서녘 하늘의 핏빛 노을과도 같다. 모든 사랑은 너무나도 간절하고 이루어질 수 없기 때문에 아름다운 것이지, 너무나도 손쉽거나 완벽하게 이루어질 수 있어서 아름다운 것이 아니다. 오르페우스와 에우리디케, 나르시소스와 에코 요정, 로미오와 줄리에트, 피그말리온과 갈라테아 등, 이 세기의 연인들의 사랑이 이루어졌다면 모든 시와 서사문학의 죽음으로 나타났을 것이다. 요컨대 최고의 삶의 절정에서 천길 벼랑끝으로의 추락―, 이 극과 극의 사랑 노래는 이루어질 수 없음으로 해서 너무나도 아름답고 장엄한 핏빛 노을이 되고 있는 것이다.

홍명희 시인의 「울음」은 이글이글 타오르는 태양이고, 핏빛 노을이며, 너무나도 아름답고 장엄한 울음이라고 할 수가 있다.

너무나도 아름답고 장엄한 울음, 이 울음이야말로 홍명희 시인의 비극의 진수이자 시적 혁명이라고 할 수가 있는 것이다.

유홍준

모래밥 먹는 사람

저기 저 공사장 모랫더미에

삽 한 자루가

푹,

꽂혀 있다 제삿밥 위에 꽂아 놓은 숟가락처럼 푹,

이승과 저승을 넘나드느라 지친

귀신처럼 늙은 인부가 그 앞에 앉아 휴식을 취하
고 있다

아무도 저 저승밥 앞에 절할 사람 없고

아무도 저 시멘트라는 독한 양념 비벼 대신 먹어줄
사람 없다

모래밥도 먹어야 할 사람이 먹는다

모래밥도 먹어본 사람만이 먹는다

늙은 인부 홀로 저 모래밥 다 비벼 먹고 저승길 간다

뜻을 얻으면 백성과 함께 실천하고 뜻을 얻지 못하면 나 혼자 그것을 실천한다. 어떤 가난에도 뜻을 전향하지 않고, 어떤 부유함에도 음탕하지 않을 것이며, 어떤 권력도 나를 굴복시키지 못한다. 맹자의 철학은 진정한 선비정신에 맞닿아 있으며, 우리 인간들의 행복을 제시해주고 있다고 할 수가 있다.

　행복이란 산해진미의 음식과 만인들의 존경과 찬사에 있는 것이 아니라, 자기 자신의 뜻(사상, 신념)에 따라 정직과 성실함을 이마에 써붙이고 살아가는 데 있는 것이다. 산해진미의 음식을 먹어도 곧 배가 고프고, 만인들의 존경과 찬사를 받으면서도 자기 자신을 잃어버리고 공허해진다.

　유홍준 시인의 「모래밥 먹는 사람」은 이 시대의 참된 명장이며, 어느 누구도 먹을 수 없는 모래밥을 먹으며, 고귀하고 거룩한 노동자의 삶을 살아왔다고 생각된다.

"저기 저 공사장 모랫더미에/ 삽 한 자루가/ 푹,/ 꽂혀 있다 제삿밥 위에 꽂아 놓은 숟가락처럼 푹,/ 이승과 저승을 넘나드느라 지친/ 귀신처럼 늙은 인부가 그 앞에 앉아 휴식을 취하고 있다"라는 시구가 더없이 거룩하고 성스럽기까지 하다. 유흥준 시인은 제일급의 시인답게 늙은 노동자의 삶을 꿰뚫어보고 그것을 가장 개성적이고 독창적인 방법으로 창출해낸다. 모랫더미는 제삿밥이 되고, 삽은 숟가락이 되고, 늙은 인부는 우리 인간들의 삶을 보호해주는 제사장이 된다. 모래−삽−늙은 인부, 제삿밥−숟가락−제사장의 삼원일치의 세계는 유흥준 시인의 상징과 은유의 수사학이 꽃 피워낸 성과이며, 이 삼원일치의 세계가 최하천민의 삶마저도 다 묻어버리고, 새로운 미래의 주인공인 '모래밥 먹는 사람'을 탄생시킨 것이다. 레오나르도 다 빈치의 모나리자, 로댕의 생각하는 사람, 뭉크의 절규, 파블로 피카소의 한국에서의 학살, 반고호의 나부와도 같은 '명화−명시' 속의 주인공이 '모래밥 먹는 사람'이며, 이 것은 유흥준 시인의 삶의 철학의 개가라고 할 수가 있다.

"아무도 저 저승밥 앞에 절할 사람 없고/ 아무도 저

시멘트라는 독한 양념 비벼 대신 먹어줄 사람"없지만, 그러나 그 모래밥에 절하며, 시멘트라는 독한 양념에 비벼 모래밥을 먹는 늙은 인부야말로 이 시대의 진정한 '노동 성자'가 된 것이다.

그렇다. "모래밥도 먹어야 할 사람이 먹고" "모래밥도 먹어본 사람만이 먹는다."

자기 자신의 뜻에 따라 정직과 성실함을 이마에 써 붙이고 살아가는 사람만이 하늘을 감동시키고, 만인들의 존경과 찬양 속에서 저승길로 떠나갈 수가 있다.

김병수
게

게는
제 걸음

나는 게 걸음

도덕이란 인간이 실천해야 할 보편법칙이며, 이 보편법칙은 지극히 합리적이고도 모든 사람들에게 적용할 수 있는 것이지 않으면 안 된다. 가령, 예컨대 학자의 도덕이 있다면 그것은 어떻게 설명할 수 있는 것일까? 학자는 첫 번째 전인류의 스승들의 책을 읽고 그것을 뛰어넘어 자기 자신의 사상과 이론을 정립해야 하고, 두 번째 자기 자신만의 사상과 이론으로 그의 제자들을 가르치고, 그리고 마지막으로 세 번째 그의 제자들과 함께, 자기 자신의 사상과 이론을 실천하며 전인류의 행복과 평화를 연출해내지 않으면 안 된다.

게에게는 게 걸음이 있고, 인간에게는 인간의 걸음이 있다. 황소에게는 황소의 걸음이 있고, 뱀에게는 뱀의 걸음이 있다. 이 세상의 수많은 동물들의 걸음은 그 동물이 소속된 종과 그 환경에 따라서 끊임없이 진화해왔던 것이고, 이 진화의 힘에 의하여 수많은 동물들은 퇴보하거나 소멸하지 않고 발전해 왔던 것이다.

　김병수 시인의「게」는 자아 성찰과 자아 비판의 시이며, 그 결과, 우리 인간들의 게 걸음, 즉, 올바르지 못한 삶의 태도를 비판하는 시라고 할 수가 있다. 우리는 흔히 우생학적, 또는 인간의 입장에서 옆으로, 옆으로 기거나 재빠르게 달아나는 '게'를 조롱하거나 비판하지만, '게'에게는 게 걸음이 외부의 천적과의 싸움에서 살아남는 최적의 생존비법이었을 것이다. 오히려, 거꾸로 '게 걸음'이 문제가 되는 것은 그것이 인간의 걸음걸이가 될 때인 것이고, 인간이 게처럼 걷는다는 것은 앞으로, 앞으로, 똑바로 걷지 못한다는 것을 뜻한다.

　올바른 길, 즉, 정도正道는 앞으로, 앞으로 똑바로 걷는 것이고, 앞으로, 앞으로 똑바로 걷지 못한다는 것은 비겁하게 우회하거나 느닷없이 타인들의 뒤통수를 치는 것을 말한다. 언제, 어느 때나 의롭고 가난한 삶을 기피하고, 언제, 어느 때나 먹고 살 걱정이 없으면서도 음탕한 삶을 좋아한다. 언제, 어느 때나 타인들과 국가의 이익을 좀 먹는 부정축재를 좋아하고, 언제, 어느 때나 만인들 위에 군림할 수 있는 권력을 더욱더 좋아한다. 도덕은 앞으로, 앞으로 똑바로 걸어가는 것을 말하지, 너무나도 비겁하거나 타인들의 뒤통수를 치는 것을 말하지 않는다.

　모범시민들은 첫째 전인류의 스승들의 가르침에 따라 살며, 아이들을 낳고 가르치지 않으면 안 된다. 두 번째 끊임없이 근면 성실하고 타인들에게 모범이 되는 삶을 살고, 마지막으로 세 번째 자기 자신이 저축해 놓은 지적 재산과 경제적 재산을 아낌없이 다 환원하고 죽어가지 않으면 안 된다.

　김병수 시인의「게」는 부디 부디, 앞으로 앞으로, 똑바르게, 올바르게 살아야 한다는 도덕철학의 산물이라고 할 수가 있다.

김효선
분홍바늘꽃

여기는 낯선 오름
오른쪽 어깨에 올라탄 나비

생의 자전주기는
한 사람을 잃으면 또 한 사람을 잃는 것
따고 보니 속 빈 하늘타리
가까이 갈수록 비뚤어지는 구름
무릎이 시큰하게 젖는다

심장에 바늘을 꽂고
10년을 살았더라는 사람
찔린 부위보다 찌르는 부위 쪽으로
기울었던 마음일까

오름에 비가 내리면

가장 익숙한 절망의 손짓으로
꽃에서 멀어진 주문은
혀가 길어지거나
발작으로 둥글어지거나

날자, 날자, 한 번만 더 날자꾸나*
심장에 바늘을 꽂은 채
내리는 비 쪽으로 쏠리는 어깨

* 이상, 『날개』.

오름은 산이라는 뜻을 갖고 있지만, 제주도에서는 한라산과 관련 있는 기생화산을 말하고, 제주도에는 이러한 크고 작은 오름이 360여 개나 된다고 한다. 우연의 일치일까, 아니면 자연의 섭리일까? 나는 그것을 잘 알지 못하지만, 360여 개의 오름과 일년 365일이 어느 정도 일치하는 것과도 같고, 김효선 시인의 「분홍바늘꽃」에서처럼, "생의 자전주기는/ 한 사람을 잃으면 또 한 사람을 잃는 것"이라는 시구와도 맞물려 있는 것처럼 생각된다.

여기는 낯선 오름이고, 시인은 오른쪽 어깨에 올라탄 나비와 함께, 이 세상의 인간의 삶과 죽음에 대한 역사철학적 문제를 성찰해본다. 삶은 "한 사람을 잃으면 또 한 사람을 잃는 것"이라는 정언명제는 매우 절망적이고 염세적인데, 왜냐하면 모든 삶의 의지는 낙천적이기 때문이다. 한 사람이 죽으면 새로운 사람이 태어나고, 새로운 사람이 태어나면 또 한 사람이 죽어간다. 이 연속의 법칙과 윤회의 법칙에 의해 인간의 역사는 끊임없이 이어지며, 이 세상의 삶의 찬가가 울려퍼지게 되는 것이다.

왜, 무엇 때문에 시인은 삶의 의지에 반하는 염세적인 생각을 갖게 되었던 것이며, 그렇다면 그는 왜, 무엇 때문에 시를 쓰고 있는 것일까? 이 세상의 삶이란 "따고 보니 속 빈 하늘타리/ 가까이 갈수록 비뚤어지는 구름/ 무릎이 시큰하게 젖는다"라는 시구에서처럼, 그 어떤 희망도 없는 절망 때문이었던 것일까? 불행은 중력의 법칙과 가속의 법칙을 갖고 있다. 한 번 불행에 붙잡히면 '만능약초'인 하늘타리마저도 속이 텅 비게 되고, 만물을 소생시키는 구름마저도 사납고 심술궂은 먹구름으로 변모한다.

김효선 시인의 「분홍바늘꽃」은 이 세상의 삶의 찬가인데, 왜냐하면 그 염세적인 생각을 떨쳐버리고, "날자, 날자, 한 번만 더 날자꾸나"라는 삶의 의지를 불태우고 있기 때문이다. "심장에 바늘을 꽂고/ 10년을 살았더라는 사람"처럼 인간의 생명이란 참으로 모질고 끈질긴 것이다. "오름에 비가 내리면/ 가장 익숙한 절망의 손짓으로""혀가 길어지거나/ 발작으로 둥글어"
지면서도 "심장에 바늘을 꽂은 채""날자, 날자, 한 번
만 더 날자꾸나"라고, '분홍바늘꽃'을 피우게 된다.

삶이란 참으로 무섭고 섬뜩한 묘기이며, 이 묘기의
아름다움이 '분홍바늘꽃'으로 핀 것이다. 아주 극소수
를 제외하고는 대부분의 염세주의자들은 자살을 감행
하지 못하고 「분홍바늘꽃」을 피워댄다. 왜냐하면 죽음
의 실천보다 삶의 실천이 더 쉽고, 그만큼 더 아름답고
더 간절하기 때문이다.

김효선 시인의 「분홍바늘꽃」은 진흙 속의 연꽃과도
같은 시이며, 삶의 허무함과 삶의 절망감에 사로잡힌
자가 염세주의를 딛고, 그 염세주의 속에서 피워낸 성
불成佛이라고 할 수가 있다.

황지우
12월

12월의 저녁거리는
돌아가는 사람들을
더 빨리 집으로 돌아가게 하고
무릇 가계부는 가산 탕진이다
아내여, 12월이 오면
삶은 지하도에 엎드리고
내민 손처럼
불결하고, 가슴 아프고
신경질나게 한다
희망은 유혹일 뿐
쇼윈도 앞 12월의 나무는
빚더미같이, 비듬같이
바겐 세일품 위에 나뭇잎을 털고
청소부는 가로수 밑의 생을 하염없이 쓸고 있다
12월의 거리는 사람들을

빨리 집으로 들여보내고
힘센 차가 고장난 차의 멱살을 잡고
어디론가 끌고 간다.

희망이란 모든 일들이 순조롭게 풀리고, 앞으로 살아볼만 한 세상이 올 것이라는 믿음에 기초해 있다. 제아무리 어렵고 힘들더라도 이 고비를 넘기면 반드시 좋은 세상이 올 것이라는 믿음이 있다면 그는 너무나도 슬기롭고 용감하게 그 모든 일들을 대처해나갈 수가 있을 것이다. 희망은 삶의 의지이자 천하무적의 황제이며, 새로운 세계의 창조주라고 할 수가 있다. 우주는 희망으로 생성되었고, 수많은 별들은 희망을 향해 자전과 공전을 거듭하는 행성들에 지나지 않으며, 우리 인간들은 희망을 주군主君으로 모시며, 언제, 어느 때나 희망을 향해 충성을 맹세하게 된다.

이에 반하여, 절망은 희망의 반대말이며, 모든 희망과 삶의 의지가 꺾인 것을 말한다. "12월의 저녁거리는/ 돌아가는 사람들을/ 더 빨리 집으로 돌아가게 하고/ 무릇 가계부는 가산 탕진"이며, "삶은 지하도에 엎드리고/ 내민 손처럼/ 불결하고, 가슴 아프고/ 신경질 나게 한다.""희망은 유혹일 뿐"이고, "쇼윈도 앞 12월의 나무는/ 빚더미같이, 비듬같이/ 바겐 세일품 위에 나뭇잎을 털고" 있다. "청소부는 가로수 밑의 생을 하염없이 쓸고" 있고, "12월의 거리는 사람들을/ 빨리 집으로 들여보내고/ 힘센 차가 고장난 차의 멱살을 잡고/ 어디론가 끌고 간다."

12월. 절망. 밑빠진 독에 물붓기―.

이자가 이자를 새끼쳐서 온 가족이 한평생 다 벌어도 못 갚을 빚더미―.

아아, 살모사와도 같은 황지우 시인의 「12월」이 모든 희망을 다 집어 삼키고 있구나!!

절망하는 사람은 모든 희망과 삶의 의지가 꺾인 사람을 말하고, 그는 이 세계와의 싸움에서 그 어떤 공격무기도 없다는 것을 뜻한다. 미국에게 모든 주권을 다 빼앗기고, "내가 승인하지 않으면 남북교류 못한다"는 트럼프의 말에 말대답도 못하는 우리 한국인들의 삶이 그것을 증명해준다.

하루바삐 철학을 공부하고, 이 지혜의 힘으로 모든 외부의 적들을 물리치지 않으면 안 된다.

함민복 한이나

김연종 윤성관

정해영 반칠환

유계자 조옥엽

송찬호 오현정

이복규 박금선

이순희 최병근

함민복

긍정적인 밥

詩 한 편에 삼만 원이면
너무 박하다 싶다가도
쌀이 두 말인데 생각하면
금방 마음이 따뜻한 밥이 되네

시집 한 권에 삼천 원이면
든 공에 비해 헐하다 싶다가도
국밥이 한 그릇인데
내 시집이 국밥 한 그릇만큼
사람들 가슴을 따뜻하게 덥혀 줄 수 있을까
생각하면 아직 멀기만 하네

시집이 한 권 팔리면
내게 삼백 원이 돌아온다
박리다 싶다가도

굵은 소금이 한 됫박인데 생각하면
푸른 바다처럼 상할 마음 하나 없네

이 세상의 행복이란 우리가 마음먹기에 달려 있는 것이고, 이 '마음먹기'란 우리가 어떠한 삶에 가치를 두고 있느냐에 달려 있다고 할 수가 있다. 풀뿌리와 나무껍질을 먹고 살면서도 이 세상의 삶의 이치와 진리탐구에 가치를 두고 있다면 그의 삶은 더없이 행복할 것이고, 날이면 날마다 근검절약하며 성실하게 살면서도 타인들을 돕는 삶에 가치를 두고 있다면 그는 더없이 행복할 것이다. 행복이란 돈의 유무에 있는 것이 아닌데, 왜냐하면 돈에 가치를 부여하면 그는 돈을 벌수록 더욱더 가난해지기 때문이다. 탐욕은 만족을 모르고, 늘, 항상, 더 큰 탐욕으로 화를 자초하게 된다.

함민복 시인의 「긍정적인 밥」은 '유심론의 극치'이자 '행복의 시학'의 결정체라고 할 수가 있다. 그의 「긍정적인 밥」은 '고비용―저효율'의 밥이 아닌 '저비용―고효율'의 영양만점의 밥이라고 할 수가 있다. "詩 한 편에 삼만 원이면/ 너무 박하다 싶다가도/ 쌀이 두 말인데 생각하면/ 금방 마음이 따뜻한 밥이" 된다. "시집한 권에 삼천 원이면/ 든 공에 비해 헐하다 싶다가도/ 국밥이 한 그릇인데/ 내 시집이 국밥 한 그릇만큼/ 사람들 가슴을 따뜻하게 덥혀 줄 수 있을까/ 생각하면 아직 멀기만" 한 것이다. 쌀 두 말의 따뜻한 밥으로 삼만 원의 헐값을 덮어버리고, "시집 한 권 삼천 원"의 헐값마저도 "내 시집이 국밥 한 그릇만큼/ 사람들 가슴을 따뜻하게 덥혀 줄 수 있을까"라는 자기 반성과 시인 정신으로 그 서운하고도 허전한 마음을 덮어버린다. 생활은 더없이 남루하게 최하 천민의 생활을 하면서도 꿈은 더없이 고귀하고 위대하게 갖고 있는 사람이 진정으로 행복한 사람이라고 할 수가 있다. 진정한 시인은 가난하여도 뜻을 전향하지 않는 사람이며, 진정한 시인은 또한, 부유하여도 교만하거나 음탕한 생활에 빠지지 않는다.

티없이 맑고 순수한 마음과 엄격한 자기 절제와 근검절약―. 이 유심론의 행복이 "시집이 한 권 팔리면/ 내게 삼백 원이 돌아온다/ 박리다 싶다가도/ 굵은 소금이 한 됫박인데 생각하면/ 푸른 바다처럼 상할 마음 하나

없네"로 그 절정의 대미를 장식하게 된다.

삼백 원의 행복이 소금 한 됫박의 행복이 되고, 소금 한 됫박의 행복이 푸른 바다와도 같은 전인류의 행복이 된다.

그는 진정 가난하기 때문에 행복한 시인이며, 그는 행복하기 때문에 더없이 부유한 시인이다.

이 세상에서 가장 행복한 자는 누구인가? 자기 스스로 자기 자신을 다스리며 행복하게 사는 자이다. 이 세상에서 가장 고귀하고 위대한 인물은 누구인가? 자기 자신의 행복으로 전인류의 행복을 창출해내는 자이다.

한이나
높이 뛰기

마지막 담판을 던진 승부수였을 것이다

있는 힘껏 물살을 차고 솟아오른

딱 한 번의 발버둥이

허공이라니

허공의 구름이라니

청초호 제방 위에 내동댕이쳐진 슬픈 아가미

볕살에 바짝바짝 목타다가, 소신공양

적멸에 이르는 먼 길

어머니 물고기의 한 생,

다음 세상으로 훌쩍 건너간 높이뛰기였다

반야용선을 타고 가시라 물속에 가만 넣어 드렸다.

물고기들이 물위를 뛰어오르는 이유는 여러가지 설이 있는데, 그중에서 몇 가지의 예만을 설명해보겠다. 첫 번째는 먹이사슬의 단계에서 천적으로부터 도망치는 물고기들의 비상일 것이고, 두 번째는 기분이 좋거나 몸에 붙은 기생충들을 털기 위한 것일 수도 있다. 세 번째는 파리, 모기, 하루살이 등의 날것들을 잡기 위한 먹이사냥일 수도 있고, 네 번째는 회귀성 물고기들이 산란 장소로 가기 위해 뛰어오르는 모습일 수도 있다. 자그만 시냇가에서는 피라미들이 뛰어오르고, 깊은 호수나 저수지에서는 붕어와 잉어와 가물치들이 뛰어오른다. 바다에서는 숭어와 망둥이, 또는 고래와 상어들이 뛰어오르고, 큰강에서는 산란을 위해 폭포를 거슬러 올라가는 연어들이 뛰어 오른다. 물고기들의 높이 뛰기는 그것이 물이 아닌 물밖으로의 도약이라는 점에서는 아름다운 묘기일 수도 있지만, 때로는 아름다움을 넘어 그 어떤 섬뜩한 충격을 던져주기도 한다.

목숨을 건 도약─. 따지고 보면 산다는 것이 높이뛰기이며, 높이뛰기를 하지 않는다는 것은 죽었다는 것과도 같다. 물속에서 사는 것도 위험하고, 물밖에서 사는 것도 위험하고, 높이뛰기를 하지 않는 것도 위험하다. 모든 삶의 조건은 위험의 바다에서 사는 것이며, 이 위험의 바다에 사는 것이 높이뛰기에 지나지 않는 것이다. 어제의 높이뛰기와 오늘의 높이뛰기가 다르고, 오늘의 높이뛰기와 내일의 높이뛰기가 다르다. 아들과 아버지의 높이뛰기가 다르고, 이제 갓 태어난 신생아와 아직 태어나지 않는 미래의 신생아의 높이뛰기가 다르다. 미래의 희망, 즉, 변화와 혁명은 높이뛰기의 근본목적이며, 변화와 혁명이 두려운 보수주의자는 설 땅이 없다.

보수주의가 과거로의 회귀이며 종족의 쇠퇴를 의미한다면, 모든 것은 "마지막 담판을 던진 승부수"였던 것이고, 이 목숨을 건 도약이 종의 건강과 미래의 행복을 담보해낸다. 상류로 상류로 거슬러 올라가다가 폭포를 만나 뛰어오르는 물고기의 아름다움은 무엇을 말해주는 것이며, 상어나 고래들에게 쫓기는 물고기들의 아름다움은 무엇을 말해주고 있는 것인가? "딱 한 번의 발버둥이/ 허공이라니/ 허공의 구름이라니"라고, 한이나 시인은 매우 안타까워하고 있지만, 그러나 그 죽음이 전혀 무의미한 것은 아니다. 무의 생산성도 있듯이 허공의 생산성도 있는 것이며, 이 허공이 없다면 우리들의 삶이 어떻게 가능하고, 소신공양의 열반이 가능하겠는가?

높이뛰기는 허공이며, 허공은 구름이고, 구름은 "청초호 제방 위에 내동댕이쳐진 슬픈 아가미"이며, "소신공양"이고, "적멸에 이르는 먼 길"이다.

어머니 물고기의 인생이 높이뛰기였듯이, 우리 인간들의 인생 역시도 높이뛰기이며, 높이 높이, 더 높이 목숨을 건 미래의 행복으로의 도약이었던 것이다.

한이나 시인의 「높이뛰기」는 목숨을 건 도약이고, 소신공양이며, 반야용선을 타고 가는 머나먼 적멸의 길인 것이다.

김연종
입소

스스로 들어왔으니
집단 수용소가 아니다
가족의 동의까지 구했으니
감옥은 더더구나 아니다
군대를 제대한 후론
장기간 유랑을 떠난 적이 없다
난 오늘부로 입소를 명받았다
입원이 아니라 입소라 칭하는 것은
이곳의 무게 중심이 주거와 돌봄에 있기 때문이다
고참이 있고 돌봄 서비스가 있고 간병인이 있다
병실이 있고 침대가 있는 것은
요양병원과 비슷하고
링거가 없고 주사가 없는 걸 보면
양로원과 유사하다
가족이 없고 양보가 없는 것은

보육시설과 닮았고
시기와 질투와 욕설이 많은 걸 보면
노인정과 헷갈린다
나는 가족회의에서 정한 절차에 따라
정식으로 이곳에 입소를 명받았다
나는 여기서
나약하고 무례한 짐승을 맞으려 한다
이름하여 푸른숲 요양원

인류의 역사상 가장 더럽고 추악한 질병은 오래 산다는 것이며, 이 고령화 현상은 인간의 탐욕이 자초한 질병이라고 할 수가 있다. 아들과 딸들도 다 출가시켰고, 더 이상 삶의 이유와 존재의 의미를 상실했으면서도 그 부질없는 목숨을 연명한다는 것은 자연에 대한 최악의 범죄이자 테러행위라고 할 수가 있다. 먹고 사는 것과 입원과 퇴원을 거듭하는 것, 아들과 딸들과 손자와 손녀들을 모조리 불효자라고 만들고, 아름답고 건강한 삶을 더럽고 추한 삶으로 만드는 것은 만물의 공동 터전인 자연을 파괴하고 인간이라는 종을 더없이 쇠퇴시키는 범죄행위라고 할 수가 있다. 노인의 이성은 광기가 되고 삶 자체는 범죄가 된다. UN은 하루바삐 '인생 70'의 '인간수명제'를 실시하여 아름답고 푸른 자연의 터전 속에서 우리 젊은이들의 꿈과 행복이 자라나게 하지 않으면 안 된다.

김연종 시인의 「입소」는 고령화 사회의 한 현상이며, 하루바삐 사라져가야 할 더럽고 추한 세태풍습이라고 할 수가 있다. 오래 산다는 것 자체가 재앙이고 죄이며, 더없이 나약하고 무례한 짐승의 삶에 지나지 않는다. 스스로 들어왔으니 집단 수용소도 아니고, 가족의 동의까지 구했으니 감옥도 아닌 푸른숲 요양원, 이곳의 무게 중심이 주거와 돌봄에 있기 때문에 입원이 아니라 입소인 푸른숲 요양원, 병실과 침대가 있는 것은 요양병원과 비슷하고 링거가 없고 주사가 없는 것은 양로원과 비슷한 푸른숲 요양원, 가족이 없고 양보가 없는 것은 보육시설과 닮았고, 시기와 질투와 욕설이 많은 것을 보면 노인정과 비슷한 푸른숲 요양원, "가족회의에서 정한 절차에 따라/ 정식으로 이곳에 입소"의 명을 받았고, "나는 여기서/ 나약하고 무례한 짐승을 맞으려 한다"는 푸른숲 요양원—.

　　푸른숲 요양원은 도대체 무엇을 하는 곳이며, 의사 시인 김연종은 도대체, 왜, 무엇 때문에 푸른숲 요양원을 무대배경으로 시적 화자의 입소과정을 묘사하고 있는 것일까? 푸른숲 요양원은 요양병원이 아닌 나약하고 무례한 짐승, 즉, 늙고 힘없는 노인들에 대한 돌봄

서비스를 주업무로 하고 있는 곳이라고 할 수가 있다. 김연종 시인은 전지적 관점에서 푸른숲 요양원의 환경과 주업무와 그곳의 인간관계를 묘사하고 있지만, 자기 자신의 사적인 감정은 아주 냉정하고 엄격하게 숨기며, 그리하여 더욱더 객관적이고 공정하게 푸른숲 요양원이 어떤 곳이라는 것을 시사해준다. 푸른숲 요양원은 집단수용소이자 감옥같은 곳이고, 무게 중심은 주거와 돌봄에 있지만, 고참이 있고 간병인이 있는 곳이다. 링거가 없고 주사가 없는 것을 보면 양로원과 비슷하고, 가족이 없고 양보가 없는 것을 보면 보육시설과 닮았다. 더 이상 삶의 이유와 존재의 의미가 없는 노인들은 내일이 없기 때문에 고집이 세고, 때로는 그 어떠한 의견도 받아들이지 않고 대화조차도 거부한다.

푸른숲 요양원은 군대와 감옥, 또는 집단수용소와도 같은 곳이며, 더 이상 인간다운 삶이 가능하지 않은 곳이다.

고령화 현상은 나약하고 무례한 짐승들의 난동이며, 인간 종말의 한 징후라고 할 수가 있다. 사는 의미, 살 권리를 다 잃어버린 이 나약하고 무례한 짐승들의 난동을 더 이상 어떻게 두고 볼 것인가! 요컨대 빨리 죽는 것이 최고의 미덕이며, 인간의 마지막 양심을 실천하는 길이기도 한 것이다.

고령화 현상, 즉, 이 영생불사의 꿈은 인간의 탐욕 중의 탐욕이며, 모든 동식물들의 삶과 지구촌의 종말을 앞당기는 재앙의 진원지가 될 것이다. 하루바삐 오래 사는 질병을 퇴치하고 모든 동식물들과 아름답고 행복하게 공존할 수 있는 자연의 삶을 살 수 있기를 바랄 뿐이다.

공자의 도덕이 아닌 노자의 도덕, 즉, 무위자연의 길이 푸른숲 요양원을 대청소해 버릴 수도 있을 것이다.

윤성관
하찮은 물음
— 송경동의 「혜화경찰서에서」를 변주하며

시도 때도 없이 들었다

커서 무엇이 되고 싶니, 어느 대학 가고 싶니, 죽을
등 살 둥 들어간 대학교에서는 고등학교를 묻고, 회사
에서는 대학교와 학과를 묻고, 결혼 후에는 어디에 있
는 몇 평 아파트에 사느냐 묻고, 늙은 요즘에는 자식들
이 무얼 하느냐고 묻는다

하찮은 물음에 답할 수 있을 만큼 하찮게 살아왔지만

물어보려면,
저 별빛은 언제 태어났는지, 『전태일 평전』을 읽고
뒤척이다 아침을 맞은 적 있는지, 귀를 자른 한 화가
의 자화상을 보고 무슨 생각을 했는지, 사랑하는 사람
에게 들려주고 싶은 시詩가 얼마나 많은지, 이 정도는

물어야지

　아니면 최소한,
　너는 누구에게 한 번이라도 뜨거운 사람이었느냐※
를 물어줘야지

　아침마다 새들이 묻는 소리에
　꽃 한 송이 피어나는데

요정 칼립소와의 영생불사의 삶을 거절한 오딧세우스, 더없이 안락하고 편안한 삶을 거절하고 고통에 고통을 가중시키는 삶을 선택했던 오딧세우스는 호머가 창출해낸 인물이었고, 사신死神의 맏형님으로서 명예에 살고 명예에 죽는 소크라테스를 창출해낸 사람은 플라톤이었다. 인의예지仁義禮智로서 도덕군자의 삶을 연출해낸 사람은 공자와 맹자였고, 모든 인위적인 삶을 거절하고 자연의 삶을 창출해낸 것은 노자와 장자였다. '투쟁은 만물의 아버지이다'라는 진리를 역설한 사람은 헤라클레이토스였고, '내 꿈은 세계 통일이오'라고 역설한 것은 알렉산더 대왕이었다. 단군은 전인류의 모델인 홍익인간을 창출해냈고, 세종대왕은 한자문화에 맞서서 이 세상에서 가장 고귀하고 아름다운 한글문화를 창출해냈다.

고귀하고 위대한 인간의 가치평가의 기준은 꿈이고,

이 꿈의 크기에 비례하여 그 인물의 위대함이 결정된다. 꿈이 큰 사람은 깊이 있게 공부하고 잘 질문할 줄을 알아야 한다. 전인류의 스승들의 말과 행동을 수없이 되돌아보고 배우며, 그것을 넘어서서「하찮은 물음」이 아닌 '진정한 물음'을 던질 줄 알아야 한다. "커서 무엇이 되고 싶니, 어느 대학 가고 싶니, 죽을 둥 살 둥 들어간 대학교에서는 고등학교를 묻고, 회사에서는 대학교와 학과를 묻고, 결혼 후에는 어디에 있는 몇 평 아파트에 사느냐 묻고, 늙은 요즘에는 자식들이 무얼 하느냐고 묻는다"라는 질문들은 이 세상의 어중이 떠중이들의 입에 발린 소리이고, 정말로「하찮은 물음」에 지나지 않는다.

나는 반드시 빛보다 천만 배는 더 빠른 속도로 북극성에 갈 것이고, 대한민국을 전인류의 지상낙원으로 만들 것이다. 나는 내가 좋아하는 색채와 그림으로 반고흐보다도 더 뛰어난 화가가 될 것이고, 하늘을 우러러 한 점 부끄러움이 없는 시인의 삶을 살 것이다. 나의 열정은 이처럼 뜨겁고 뜨거우며, 나의 이 열정에 의해서 아침 해가 떠오른다. 아침마다 새들이 울고, 아침마다 수많은 꽃들이 피어난다.

진정한 물음은 모든 꿈의 원동력이고, 모든 꿈은 진정한 물음에 기초해있다. 위대함의 원죄가 있듯이, 꿈이 큰 자는 자기 스스로 천형의 형벌을 짊어지고 신성모독자의 고통을 감당하지 않으면 안 된다.

윤성관 시인처럼 「하찮은 물음」을 거부한 신성모독자는 동시대에 반대하고, 동시대에 반대함으로써 동시대에 참여하고, 그리하여, 마침내 새로운 시대를 창출해내게 된다.

과연 너는 호머와 셰익스피어와 보들레르와 괴테를, 또는 알렉산더 대왕과 나폴레옹 황제와 소크라테스와 마르크스보다 더 고귀하고 위대한 인간이 될 수 있겠느냐?

정해영
압화

산을 올려놓은
가슴이었다

뱉어서는 안 될 말
가파른 높이로 쌓여

핏덩이일 때
작은 집으로 보낸 아들
남의 식구가 되었다

가는 곳마다
천륜을 막아서는 그림자
밤마다 바닥에 업드려
호랑이처럼 울었다

퉁퉁 불은 젖을
눈물로 죄다 말려버리고

일생의 울음
눌리고 눌러
납작해진 아들

신산한 가슴에
눈감아도 지지 않는
꽃으로 박혀 있다

이 세상에서 가장 위대한 사람은 누구인가? 많이 아는 자이다. 많이 아는 자는 무엇으로 이 세상을 지배하며, 그토록 위대한 사람이 되었는가? 언어이다.

인간은 유한하지만, 언어는 영원하고, 그의 언어는 영원불멸의 역사로서 살아 움직이게 된다.

시인은 언어의 창조주이며, 예술가 중의 최고의 예술가이다. 그의 언어는 상징과 은유의 날개를 달고 빛보다 더 빠른 속도로 날아 다닌다. 상징과 은유는 최고의 수사법이며, 이 상징과 은유를 자유자재로 사용할 수 있는 시인만이 영원불멸의 삶을 살아가게 된다.

모든 아들은 전인류의 모델이며 최초의 아들이고, 모든 어머니는 전인류의 성모이며 최초의 어머니이다. 이 아들과 어머니, 이 어머니와 아들의 관계는 육체적인 혈연관계를 떠나서 하늘이 맺어준 관계이며, 따라서 이 천륜을 끊어버린다는 것은 극단적인 고통을 가중시키게 된다. 아들에게 어머니는 최초의 하늘이고 대지이며, 그의 영원한 생명의 젖줄이 된다. 또한, 어머니에게 아들은 미래의 희망이자 아침 하늘의 태양이고, 그의 영원한 생명의 원동력이 된다. 정해영 시인의 「압화」는 어머니와 아들의 이야기이며, 거기에는 양자로 보낸 어머니의 한과 양자로 입양된 아들의 한이, 마치 자연의 예술작품처럼 각인되어 있는 것이다.

압화는 꽃이나 잎을 납작하게 눌러서 만든 장식품이지만, 그러나 이제는 조형예술의 한 장르로 자리를 잡았다고 할 수가 있다. 산이 풍만한 가슴이 되고, 풍만한 가슴이 압화가 된다. 핏덩이 아들이 산이 되고, 산이 납작 눌린 압화가 된다. 압화는 모든 어머니와 아들을 뜻하는 상징이 되고, 산과 가슴과 호랑이와 어머니와 아들은 은유가 된다. 은유는 인간과 인간, 이미지와 이미지에 구체적인 생명력을 부여하고, 그것들이 하나의 주제, 하나의 상징, 즉, 「압화」라는 시를 극적으로 살아 움직이게 한다. 철부지 시절 아무것도 모르고 아들을 작은 집의 양자로 입양시킨 것은 후회가 되고, 후회는 한이 되고, 한은 고통이 되고, 이 고통의 드라마는 아름답고 장엄한 서정시의 진수로 꽃 피어난다.

어머니의 가슴은 "산을 올려놓은/ 가슴"이 되었는데, 왜냐하면 "뱉어서는 안 될 말"들이 "가파른 높이로 쌓여"있었기 때문이다. 아들의 일생은 눌리고 눌리어 납작해진 울음일 수밖에 없었는데, 왜냐하면 "핏덩이일 때" "작은 집으로"보내져 "남의 식구가"될 수밖에 없었기 때문이다. "가는 곳마다/ 천륜을 막아서는 그림자/ 밤마다 바닥에 업드려/ 호랑이처럼" 울 수밖에 없었던 울음, "퉁퉁 불은 젖을/ 눈물로 죄다 말려버리고" "일생의 울음/ 눌리고 눌러/ 납작해진 아들", 아들을 아들이라고 부르지 못한 어머니의 울음, 어머니를 어머니라고 부르지 못한 아들의 울음이 이 세상에서 가장 아름답고 장엄한 「압화」로 피어난 것이다.

정해영 시인의 「압화」는 상징의 꽃이며, 그 어떤 꽃보다 더욱더 싱싱하게 살아 있으며, 그 향기가 천리, 만리 퍼져나간다. 작은 집에 아들의 입양을 허락한 것은 너무나도 분명한 이성이지만, 그러나 이 천륜이 끊어진 것을 두고 어머니와 아들은 "밤마다 바닥에 업드려/ 호랑이처럼" 울 수밖에 없었던 것이다. 어머니와 아들의 관계는 천륜이고, 이 천륜은 불멸의 비이성에 기초해 있다. 정해영 시인의 「압화」는 유교적인 관습이 천륜의 목을 비틀어버린 것에 대한 반작용이자 이 천륜이 끊어졌을 때, 그 주체자들에게 그 어떠한 고통을 가했는지를 가장 구체적이고도 가장 웅변적으로 증명해준다. 「압화」는 고통이고, 울음이고, 수많은 사람들과 하늘을 감동시킨 언어의 꽃이다.

오늘도, 내일도, 모레도, 머나먼 그 앞날에도, 수많은 벌과 나비들처럼, 수많은 사람들이 찾아와 그 비극적인 삶을 산 어머니와 아들에게 경의를 표할 것이다.

압화는 꽃 중의 꽃이며, 어머니와 아들의 가슴(마음) 속에 핀 꽃이자, 영원히 살아 있는 언어의 꽃이다.

정해영

슬퍼할 자신이 생겼다*

아침에 눈을 뜨면
밭이랑의 고추모종처럼
슬픔이 자라 있다

백년 전에 뿌린 씨앗도
자라 있다
어젯밤에 심은 낱알도
싹이 보인다

할머니는 해가 뜨면
밭고랑에 납작 붙었다
종일 엎드린 기도로
가지며 호박이며 고추를
가꾸었다

어느 날은 바람 속에서
어느 날은 햇빛 아래서
손발이 저리도록 가꾸는 일은
거두어들이게 하는 일

오래 가꾼 이 일은
할머니 농사와 같아
가꾸는 손놀림에 신귀가 붙어
반질하다

슬픔도 오래 가꾸면
거두어들이는 것이 있어

한들한들
비바람 앞에서도
가볍게 흔들리다

꼭두서니 빛으로 온 하늘을
물들인다

* 최문자 시집 「자서」에서 차용.

이 세상의 삶은 고통의 연속이고, 이 고통을 어떻게 다스리는가가 모든 삶의 철학의 근본목표라고 할 수가 있다. 이론철학은 고통의 원인을 묻고 고통을 극복할 수 있는 방법을 제시하고, 실천철학은 이론철학을 토대로 하여 고통과 함께 살며, 고통을 극복하고 행복한 삶을 향유하게 한다.

슬픔이란 고통을 극복해낼 방법을 찾아내지 못한 마음의 상태를 뜻하지만, 그러나 정해영 시인의 「슬퍼할 자신이 생겼다」에서의 '슬픔'은 이 세상의 삶의 본능의 옹호이자 그 찬가로 사용되고 있다는 것을 알 수가 있다. "아침에 눈을 뜨면/ 밭이랑의 고추모종처럼/ 슬픔이 자라"있고, "백년 전에 뿌린 씨앗도/ 자라"있으며, "어젯밤에 심은 낱알도/ 싹이" 보였다. "할머니는 해가 뜨면/ 밭고랑에 납작 붙어" "종일 엎드린 기도로/ 가지며 호박이며 고추를" 가꾸었고, "어느 날은 바람 속에서/ 어느 날은 햇빛 아래서/ 손발이 저리도록" 슬픔을 가꾸고, 슬픔을 거두어 들였다.

배우고 생각하지 않으면 오묘한 진리를 알 수가 없고, 생각하고 배우지 않으면 단 하나의 진리만을 진리라고 믿는 바보가 된다. 정해영 시인은 공자의 말씀대로, 배우면서 생각하고, 생각하면서 배운다. 그 결과가, 이론철학과 실천철학을 결합시킨 삶의 철학이며, 그 구체적인 증거가 '슬퍼할 자신이 생겼다'라는 명제라고 할 수가 있다. 슬픔은 고추도 되고, 가지도 된다. 슬픔은 호박도 되고, 오이도 된다. 슬픔은 부모형제도 되고, 이웃사촌과 직장 동료도 된다. 슬픔은 바람도 되고, 햇빛도 된다. 슬픔은 이 세상의 근본물질인 원자와도 같으며, 이 슬픔을 거느리고, 이 슬픔과 함께 사는 자만이 자기 자신은 물론, 모든 인간들의 행복을 연출해낼 수가 있다.

우리는 슬픔으로 태어나고, 슬픔을 먹고 자라나며, 슬픔으로 꽃을 피우고, 슬픔으로 온 하늘을 붉게― '꼭두서니 빛으로'―물들이며 죽어간다. 슬픔을 가꾸는 것은 할머니의 농사와도 같고, 슬픔을 가꾸는 것은 "가꾸는 손놀림에도 신귀가 붙어" 그 모든 기적이 가능해진다. "태어나지 않는 것이 최선이고, 곧바로 죽어버리는 것이 차선이다"라는 염세주의자, 즉, 실레노스의 지혜가 설 땅을 잃어버리고, 슬픔과 함께 살며, 슬픔과 함께 행복을 꽃 피우는 낙천주의자들이 이 세상의 삶의 찬가를 울려퍼지게 한다.

정해영 시인은 제일급의 시인이며, 그는 가장 빠른 두뇌와 자유자재로운 앎(지혜)의 날개를 지니고 있다. 시인은 날이면 날마다 인식의 혁명을 단행하며, 그는 모든 사물의 가치기준표를 새롭게 작성한다.

나무도, 숲도, 모든 동식물들도 아름답고 풍요로운 슬픔의 텃밭에서 살아가며, 슬픔의 생산성과 슬픔의 기적을 자랑한다.

그렇다. 슬퍼할 자신이 있는 시인이야말로 앎의 날개를 달고, 이 세상의 행복을 연주할 수가 있는 것이다.

슬픔은 행복의 토대가 되고, 행복은 슬픔의 꽃이 된다.

반칠환
박꽃

가슴 속에 시인과 도둑이 함께 살아

담을 넘다가도

달빛 시나 짓고 온다

탈탈 털어봐야

이슬 장물 몇 점

— 반칠환 시집, 『웃음의 힘』에서

시인과 가난은 역사철학, 또는 경제학의 첫째 자리를 차지할 만큼 필연적인 관계이며, 가난은 시인의 천재성과 그의 인간성을 증명해주는 보증수표라고 할 수가 있다. 가난하다는 것은 때가 묻지 않았다는 것을 뜻할 수도 있고, 가난하다는 것은 그가 생존의 위기에 몰렸다는 것을 뜻할 수도 있다. 생존의 위기에 몰린 사람은 대부분이 사납고 표독스러우며, 그의 주특기는 사기, 절도, 강도짓이 될 수도 있다. 하지만, 그러나 시인의 가난은 자발적인 가난이며, 이 자발적인 가난은 모든 마음과 욕망을 다 비우고, 그 가난 속에서 행복하게 사는 것을 말한다. 부자는 마음이 가난한 거지인데, 왜냐하면 돈을 벌면 벌수록 더욱더 돈에게 아첨을 하게 되기 때문이다. 시인은 돈이 없는 부자인데, 왜냐하면 그토록 가난하게 살면서도 인간에 대한 무한한 사랑과 이 세상의 아름다움을 노래하기 때문이다.

선천적으로 머리가 나쁘면 가난을 목표로 삼을 수도 없고, 언제, 어느 때나 더욱더 의연한 천하무적의 용기가 없다면 가난을 행복하게 살 수도 없다. 열흘을 굶어서 도둑질하지 않을 사람이 없듯이, 그의 가슴 속에는 시인과 도둑이 함께 산다. 산해진미의 음식은커녕, 늘, 어렵고 힘들게 살기 때문에 부잣집 "담을 넘다가도/ 달빛 시나 짓고 온다." 그렇다. "탈탈 털어봐야/ 이슬 장물 몇 점"이 그의 도둑질의 대가이고, 이 도둑질의 대가처럼 새하얀 박꽃이 피어난다.

새하얀 「박꽃」은 순수함의 상징이며, 이 「박꽃」이 반칠환 시인의 초상으로 인간화된 것은 전혀 우연이 아니다. 시인은 언제, 어느 때나 가난하고, 그의 마음은 부잣집의 담을 넘다가도 그것을 실행하지 못한다. 시인과 명예는 하나이며, 다만, 그저 잘 사는 것이 아니라 가장 아름답고 행복하게 사는 것이 그의 목표가 된다. 기껏해야 "탈탈 털어봐야/ 이슬 장물 몇 점"을 훔치는 「박꽃」의 순수함으로 전인류의 심금을 울린다.

돈과 재산은 모든 인간들을 구속하고, 가난은 대자연과 우주를 소유하며 수많은 박꽃들을 피워낸다.

부자로서 가난하게 살 것이냐, 대자연과 우주를 소

유한 시인으로서 아름답고 행복하게 살 것이냐? 이것이 천재 시인 반칠환의 영원한 화두話頭일는지도 모른다.

유계자

고기를 굽다

모처럼 동창들이
바닷가 펜션에 모여 삼겹살을 굽고 있다

주식으로 집 두어 채 말아먹었다는
별명이 주꾸미인 친구가 집게를 들고
뭐든 한방에 해치워야 한다며 고기가 탈 때까지 기
다리려 하자

중소기업 대표인 문어가
뒤집을수록 기회는 생기게 되고
사람은 손이 빨라야 한다고 훈수를 둔다

그들을 바라보던 말단 공무원 넙치가
뭐든 슬슬 익혀야지 급하면 속은 핏물이야라며 집
게를 낚아챈다

숯불에서 삼겹살이 구워지는 동안

아파트 경비원하다 잘린 새우가
단번에 구워지는 인생은 없다며
이제는 막노동도 힘들다고 연신 술잔을 들이켜다

다들 빈 잔마다 채워 봐
저 바닷물이 출렁이는 건 내 눈물이 넘쳐서 그래 그
러니 건배!

석쇠 위에는
고기가 구워지는 건지 우리에 삶이 구워지는 건지 모
르게 구워지고 있었다

유계자 시인의 첫시집 『오래오래오래』는 2019년, '반경환이 선정한 가장 훌륭한 시집'이며, 그의 「고기를 굽다」는 '먹이'를 두고 다양한 인물들과 그 성격을 드러낸다. 흙수저를 물고 태어나든, 은수저와 금수저를 물고 태어나든, 인간은 폭력적인 서열구조 속에 태어나며, 언제, 어느 때나 만인평등이라는 민주주의 사상을 짓밟아 버린다. 만인평등은 너무나도 공허한 헛소리에 불과하며, 만인평등이 실현되면 그 사회는 곧바로 붕괴하게 될 것이다. 왜냐하면 이 세상의 삶은 생존경쟁에 기초해 있기 때문이며, 상호협력과 배신, 수많은 화해와 이전투구라는 갈등이 없어지면 이 세상의 '삶의 무대'가 존재할 수가 없기 때문이다.

모처럼 동창생들이 바닷가 펜션에 모여 삼겹살을 굽고 있지만, 이 「고기를 굽다」는 상호 친목과 그 옛날의 추억을 되돌아보는 자리가 아니라, 그야말로 '삶의 경연장'이라는 사실을 너무나도 극적이고 사실적으로 보여주고 있다고 할 수가 있다. "주식으로 집 두어 채 말아먹었다는" 쭈꾸미는 "뭐든 한방에 해치워야 한다며 고기가 탈 때까지" 기다리자고 하고, "중소기업 대표인 문어"는 "뒤집을수록 기회는 생기게 되고/ 사람은 손이 빨라야 한다고 훈수를 둔다." 쭈꾸미는 성격이 급하고 먹물 한방으로 일확천금을 꿈꾸는 동창생이고, 중소기업 대표인 문어는 기회주의자이며, 수많은 빨판으로 문어발식 확장을 꿈꾸는 동창생이다. 이에 반하여, "뭐든 슬슬 익혀야지 급하면 속은 핏물이야라며 집게를 낚아"채는 말단 공무원인 넙치는 규율과 법률을 중요시 하며 '넙치식 보신주의의 극치'를 보여주며, "아파트 경비원하다 잘린 새우"는 "단번에 구워지는 인생은 없다며/ 이제는 막노동도 힘들다고 연신 술잔을 들이"킨다는 시구에서처럼, 최하천민으로서의 '먹이활동의 고달픔'을 하소연한다. 먹이 앞에서는 만인이 평등하지만, 그러나 이 먹이를 안전하고 더욱더 풍부하게 확보할 수 있는 자는 아주 극소수의 금수저들 뿐이다. 먹는다는 것은 산다는 것이고, 산다는 것은 상호경쟁한다는 것이다. 생존경쟁은 약육강식이며, 약육강식은

승자독식구조로 되어 있다.

유계자 시인의 「고기를 굽다」는 그의 삶의 철학이자 주체철학이라고 할 수가 있다. 언제, 어느 때나 일확천금을 꿈꾸는 쭈꾸미, 언제, 어느 때나 문어발식 확장을 꿈꾸는 문어, 언제, 어느 때나 넙치식 보신주의로 일관하는 말단 공무원인 넙치, 언제, 어느 때나 최하천민으로서의 먹이활동의 고달픔을 보여주고 있는 등 굽은 새우, 그러나 저마다의 타고난 성격과 취향에 따라 '동상이몽'을 꿈꾸는 동창생들의 삶의 태도와 그 심리적 풍경을 묘사하는 유계자 시인은 그 자체로서 '삶의 철학'을 보여준다고 할 수가 있다. 삶의 철학은 먹이활동에 따라 어떤 진리를 추구하지만, 그의 입장, 위치, 환경, 사상 등에 따라 그 진리는 저마다 다르게 나타난다. 쭈꾸미식 진리가 있는가 하면 문어식의 진리가 있고, 문어식의 진리가 있는가 하면 넙치식의 진리가 있다. 넙치식의 진리가 있는가 하면 등 굽은 새우식의 진리가 있고, 등 굽은 새우식의 진리가 있는가 하면 유계자 시인식의 진리가 있다. 삶의 철학은 주체철학이고, 주체철학의 최종심급은 '나'이다. 내가 있고 세계가 있는 것이지, 세계가 있고 내가 있는 것이 아니다.

삶의 의지는 권력(힘)의 의지이고, 권력의 의지는 근본적으로 폭력적이다. 인간은 누구나 권력을 사용하고 싶어하고, 이 권력은 선악을 초월한다. 권력이 선악을 결정하고, 권력의 유효성에 의하여 모든 사회와 국가의 제도가 유지된다. 고기를 굽는 것은 삶을 굽는 것이고, 삶을 굽는 것은 권력을 확보하는 것이다. 유계자 시인의 「고기를 굽다」는 그의 삶의 철학과 주체 철학을 통해서 '동족상잔의 피비린내'와 그 '진수성찬의 향연장'을 보여주고 있다고 할 수가 있다. 산다는 것은 너의 멱살을 잡고 너의 숨통을 끊어버리는 것이고, 산다는 것은 '생존경쟁의 장'에서 쓰러진 자의 살을 굽고 뜯어먹으며, 이 세상의 삶의 찬가를 부르는 것이다.

하지만, 그러나 "다들 빈 잔마다 채워 봐/ 저 바닷물이 출렁이는 건 내 눈물이 넘쳐서 그래 그러니 건배!"라는 시구는 등 굽은 새우와도 같은 패배주의자의 시선이며, 「고기를 굽다」의 유계자 시인의 시선이라고 할 수가 있다.

'건배, 건배', 제아무리 '건배'를 수없이 외쳐봐도 서해바다가 쩌억 갈라지고, 하늘에서는 황금비가 쏟아지고, 석쇠 위에서는 영원불멸의 행복이 구워지지는 않는다.

조옥엽
두고두고

아침이슬 방울져 내리는 숲길을 천천히 걷는데

갑작스레 미묘한 기류가 뛰어들더니 내 코끝에서 너울거렸습니다

재빨리 주위를 살펴보니 놀랍게도 바로 두어 발쯤 떨어진 풀숲에

여리여리한 아기 고라니 한 마리가 서 있었습니다

내가 깜짝 놀라 움찔하는 순간 저도 소스라쳐 출렁, 동공에 파도가 이는가 싶더니

순식간에 몸을 날려 섬광처럼 사라져 버렸지요

기적 같은 찰나의 만남

뜻밖의 조우에 부르르 떨며 전율하는 내 혼

드물게 아주 드물게

아니, 내 생에 두 번 다시 오지 않을 것만 같은 이 기막힌 행운을

이 불꽃 같은 순간을

나 아무에게도 말할 수 없을 것 같았습니다

아니 말하지 않기로 하였습니다

아기 고라니와 나 둘이서만 단둘이서만 간직하기로 굳게 약속했습니다

천년의 시간이 흐르고 만년의 시간이 올 때까지 두고두고 두고두고

단군이 '홍익인간의 이념'으로 조선을 건국했다는 사실에도 우리는 감동하고, 세종대왕이 한글을 창제하고 한자문화로부터 독립을 선언했다는 사실에도 우리는 감동한다. 이순신 장군이 거북선으로 천하무적의 승리를 이끌어냈다는 사실에도 우리는 감동하고, 유관순이 그 어린 나이에 대한독립만세를 외치고 옥사를 했다는 사실에도 우리는 감동한다. 감동이란 어떤 사건과 행동에 대한 마음의 움직임을 뜻하고, 타인의 마음을 사로잡고 그로부터 감동을 이끌어내지 않으면 그는 결코 훌륭한 사람이 될 수가 없다.

감동이란 너와 내가 하나가 되는 것을 말하고, 감동이란 민심과 국력을 결집시킬 수 있는 힘을 말한다. 감동은 삶의 목표이고, 삶의 의지이며, 삶의 절정이자 삶의 황홀이다. 감동은 무아지경이며, 성교와는 반대방향에서, 너와 나, 또는 인간과 인간의 정신적인 사랑을 뜻한다. 진한 감동, 뜨거운 감동, 그 모든 것을 다 주고 싶은 감동이 없다면 우리는 결코 이 세상을 살아갈 수가 없다. 진인사대천명盡人事待天命이라는 말이 있듯이, 언제, 어느 때나 최선의 노력을 다하고 하늘을 감동시킬 수 있는 기적을 창출해내지 않으면 안 된다.

조옥엽 시인의 「두고두고」는 짧은 만남―긴 여운의 '감동의 시학'이며, 그 '불꽃같은 순간'을 서정적인 아름다움으로 노래한 시라고 할 수가 있다. 때는 아침이고, 장소는 숲속이며, 사건은 아기 고라니와 시인과의 뜻밖의 만남이다. 뜻밖의 만남은 놀라움이 되고, 놀라움은 그 만남의 시간을 '기적같은 찰나'로 결정짓게 된다. 아기 고라니는 순하디 순한 눈망울과 어떤 공격성도 지니지 못한 동물이고, 시인 역시도 순하디 순한 눈망울과 어떤 공격성도 지니지 못한 사람이다. 하지만, 그러나 인간과 고라니는 종과 속이 다른 포유동물이며, 고라니의 입장에서는 인간처럼 사납고 잔인한 포식자도 없을 것이다. 따라서 아기 고라니와 시인과의 만남은 '기적같은 찰나의 만남'일 수밖에 없었지만, 아기 고라니를 사랑하고 아기 고라니에게는 어떤 적대감도 없었던 시인은 그 '진한 감동―뜨거운 감동'을 이렇게 노래

할 수밖에 없었던 것이다.

내가 깜짝 놀라 움찔하는 순간 저도 소스라쳐 출렁, 동
공에 파도가 이는가 싶더니

순식간에 몸을 날려 섬광처럼 사라져 버렸지요

기적 같은 찰나의 만남

뜻밖의 조우에 부르르 떨며 전율하는 내 혼

드물게 아주 드물게

아니, 내 생에 두 번 다시 오지 않을 것만 같은 이 기
막힌 행운을

이 불꽃 같은 순간을

나 아무에게도 말할 수 없을 것 같았습니다

조옥엽 시인의 「두고두고」는 천년, 만년의 영원한 약

속이고, '진한 감동―뜨거운 감동'의 시간이다. 「두고두고」는 기적같은 만남이고, 삶의 전율이고, 「두고두고」는 기가 막힌 행운과 불꽃같은 찰나이며, 아기 고라니와 시인이 하나가 되는 물아일체의 세계적인 사건이라고 할 수가 있다. 아기 고라니는 시인의 아기가 되고, 시인은 아기 고라니의 어머니가 된다. 모성애는 조건없는 사랑이고, 이 조건없는 사랑은 모든 것을 주고, 또 주는 이타적인 사랑의 기원이라고 할 수가 있다.

감동은 삶의 목표이고, 삶의 의지이며, 삶의 절정이자 삶의 황홀이다. 감동은 천하제일의 시이며, 천하제일의 시는 시인의 선물이다. "기적 같은 찰나의 만남/뜻밖의 조우에 부르르 떨며 전율하는 내 혼"이 없었다면, 어떻게 이 아름다운 「두고두고」의 시가 만개할 수가 있었단 말인가? 조옥엽 시인의 언어는 감동의 새싹이 되고, 이 감동의 새싹은 이 세상에서 더없이 아름답고 황홀한 감동의 꽃을 피운다.

시인의 언어 하나에서 세계가 열리고, 이 세계의 만물이 꽃을 피운다.

우리는 모두가 하나가 되고, 조옥엽 시인의 「두고두고」에서처럼 천년, 만년의 삶을 살게 된다.

송찬호
악어와 악어새

악어가 입을 딱 벌리자
기다렸다는 듯이
악어새가 날아와
톡톡톡톡톡
쫑쫑쫑쫑쫑
악어 이빨 사이
고기 찌꺼기를 파 먹고
악어 입 속을
말끔하게 청소해 놓았다

악어새가 날아가자
악어가 입을 닫았다
연주가 끝나고
피아노 뚜껑이
탁, 하고 닫히는 것 같았다

악어는 파충류 중 가장 덩치가 크고 가장 위험하며, 가장 음흉하고 가장 징그럽게 생겼다. 엘리케이터와 크로커다일 등 수많은 종류의 악어들이 있지만, 어떤 악어는 크기가 10m나 되고 그 무게가 약 1톤 정도가 된다고 한다. 영양, 누우, 물소, 사슴, 양, 새들을 닥치는 대로 잡아먹으며, '악어의 눈물'은 대사기꾼이나 마피아 두목같은 인간들의 '가짜 눈물'을 뜻하고, 대부분의 인간들은 물 속에 잠복해 있다가 먹이를 잡아채는 악어를 몹시 두려워하고 싫어한다.

송찬호 시인의 「악어와 악어새」는 이 포식동물의 공생관계를 가장 아름답게 동시−동화적으로 노래한 시라고 할 수가 있다. 악어는 가장 연약한 악어새 없이는 못 살고, 악어새는 가장 사나운 악어 없이는 못산다. 먹이사냥과 피투성이 포식 끝에 "악어가 입을 딸 벌리자" 악어새가 기다렸다는 듯이 날아와 "톡톡톡톡톡/

쫑쫑쫑쫑쫑/ 악어 이빨 사이/ 고기 찌꺼기를 파 먹고/ 악어 입 속을/ 말끔하게 청소해 놓았다."

하지만, 그러나 송찬호 시인의 최고급의 인식의 전환은 악어와 악어새의 공생관계를 동시-동화적으로 전환시키는 것이었고, 이 인식의 전환이 가장 멋지게 성공한 작품 중의 하나가 「악어와 악어새」라고 할 수가 있다. 악어와 악어새의 공생관계에서 도덕과 윤리의 색채를 제거한 것이 「악어와 악어새」이고, 따라서 악어는 피아노가 되고, 악어새는 피아노 연주자가 된다. 도덕과 윤리는 시인의 상상력을 제거하고 풍습의 미덕과 편견은 새로운 사유의 진전을 가로막는다. '금강산 구경도 식후경이다'라는 말이 있듯이, 식욕은 최고의 쾌락이며, 이 쾌락은 아름답고 즐거운 음악회의 그것과도 같다.

이 세상에서 가장 맛있고 훌륭한 식사는 피아노 연주와도 같고, 송찬호 시인은 「악어와 악어새」의 음악회를 연출해놓고 우리들 모두를 초대한 것이다.

상상력의 혁명은 인식의 혁명으로 이어지고, 이것이 송찬호 시인의 가장 탁월하고 독창적인 시적 승리라고 할 수가 있다.

오현정
화엄사 일주문 지나면

쉬어가라 옷깃 잡던 만월당 동백나무 아래선
휴休, 그림자가 경전이다

낯선 얼굴들이 법문이다

산문을 지나 너른 마당 올라가면
이제까지의 인연은 불이문不二門

돌항아리에 고이 담아
더 이상 엮지 않고 반듯하게 걷는다

만개한 붉디붉은 꽃 한 송이가 해탈이다

이 세상의 삶이 고통의 연속이듯이, 이 고통을 극복하는 방법처럼 만인들의 심금을 사로잡는 것도 없다. 서로 다투지 않고 사랑하는 것, 눈앞의 이익을 보면 정의를 생각하고 재물에 대한 욕심을 버리는 것, 타인의 성공을 내일처럼 기뻐하고 서로 혐오하거나 질투하지 않는 것, 불의를 보면 목에 칼이 들어와도 할 말을 하는 것, 언제, 어느 때나 예의를 중요시 하고 간음을 하거나 도둑질을 하지 않는 것 등은 '나'를 버림으로써 참다운 '우리'를 얻는 기쁨이 될 것이다.

　오현정 시인의 「화엄사 일주문 지나면」은 '쉼의 노래'이며, '해탈의 노래'라고 할 수가 있다. 모든 사람들의 가슴 속에는 영원한 휴식에 대한 갈망이 있는데, 왜냐하면 노동 뒤에는 휴식이 있어야 하기 때문이다. 만월당 동백나무 아래에 있으면 그림자가 경전이 되고, 그림자 경전 속에 있다가 보면 "낯선 얼굴들이 법문"이 된다. "산문을 지나 너른 마당으로 올라가면/ 이제까지의 인연은 불이문不二門"이 되고, "돌항아리에 고이 담아/ 더 이상 엮지 않고 반듯하게" 걷게 된다. 요컨대 그림자(그늘) 속에서 쉬고 있으면 수많은 사람들의 얼굴이 법문이 되고, 이 법문은 이 세상의 고통을 극복하는 지혜의 문이 된다. 법문은 지혜의 문이고, 경전은 진리의 총체이며, 진리(지혜)는 천국의 보증수표이다. 낯선 얼굴들, 즉, 너와 나는 둘이 아닌 하나가 되고, 우리는 모두가 다같이 이 세상을 떠나간 사람의 유골을 들고 반듯하게 걸어가게 된다.

모든 경전은 쉼의 경전이며, 이 쉼의 경전의 결정체는 해탈이라고 할 수가 있다. 몸과 마음의 고통과 모든 속박의 근원인 욕망에서 벗어나는 길은 모든 것을 다 버리고 해탈하는 수밖에 없다. 해탈은 고통이 없는 세계이며, 영원한 적멸보궁의 세계이다.

동백꽃은 동백의 생존의 결정체이며, 해탈은 인간의 생존의 결정체이다. 우리는 모두가 다같이 붉디 붉은 동백꽃 한 송이가 지듯이 「화엄사 일주문 지나면」 적멸보궁, 즉 부처의 길로 가게 된다.

동백꽃은 경전이며, 경전은 영원한 쉼터이고, 요컨

대 오현정 시인은 동백꽃 한 송이를 피우기 위해 그토록 어렵고 힘든 시인의 길을 걸어왔던 것인지도 모른다.

모든 시인의 꿈은 모국어의 영광이자 영예이며, 전 인류의 스승으로서 영원한 쉼터를 마련해주는 것이라고 할 수가 있다.

그곳이 화엄사이든, 만월당이든, 극락이든, 서울이든지 간에―

날이면 날마다 붉디 붉은 동백꽃이 피고, 또, 피고 진다.

이복규
시월

네가 떠나고 다시 볼 수 없을 때 나는 함양에 갔다고
할 것이다 함양시장 입구 황태해장국집 지나 가을볕에
꼬들꼬들 잘 마른 할머니들이 내놓은 산약초 좌판을 지
나 병곡순대 집에 갔다고 할 것이다

오다가 진주 중앙시장 사거리 리어카에 튀김옷 입고
끓는 기름에 정갈하게 몸을 눕힌 새우와 고추를 한입
물고 골목 안 제일식당을 지나 하동집에서 양은냄비에
졸복 지리 한 그릇 먹고 왔다고 할 것이다

그리고 어디로 갈지 몰라 서성거리다가 해질녘 남강
둔치에서 유등을 한참이나 보았다고, 축제마다 떠돌던
각설이들 다 팔아도 남는 것도 없던 사람들 등 뒤로 해
지는 남강을 바라보며

거제로 돌아와 처음 신혼살림을 차렸던 능포, 새마
을식당 지나 어린 딸을 업고 해풍을 잠재웠던 방파제
에 앉았다가, 낚시꾼에게 오늘 무슨 고기가 많이 잡히

냐고 물어 보았다고 말할 것이다 텅 빈 어망에 내 마
음 머물렀다고

  십월의 비읍이 바람 따라 사라진 시월, 세월

이복규 시인의 「시월」은 잃어버린 '나'를 찾아가는 시이며, 현재의 시점에서 지난 시절을 재구성해 놓고 있는 시라고 할 수가 있다. '나는 누구일까?' '나는 어디서 와서 어디로 가는 것일까?'라는 존재론적 질문을 던져 보면서, 이미 떠나가고 다시 볼 수 없는 나, 즉, 잃어버린 나를 찾아서고 있는 것이다. 회고적인 관점은 현재에서 지난 날을 되돌아 보는 관점이며, 그것이 추억과 연결되어 있을 때는 그 모든 것을 미화시키게 된다. 추억은 더없이 아름답고 소중하다. 하지만, 그러나 추억은 끊임없는 재인식이고 재해석이며, 현재의 시점에서 과거의 모든 상처와 그 흔적들을 지워버리고, 그 순수하고 때묻지 않은 시절로 돌아가고 싶어하는 꿈의 산물이라고 할 수가 있다.

꿈은 모든 대상을 미화시키는데, 왜냐하면 영원한 행복과 맞닿아 있지 않은 꿈은 꿈이 아니기 때문이다.

추억은 사건, 즉, 모든 상처와 그 흔적들을 지워버리는 데, 왜냐하면 그렇게 하지 않으면 아름답고 행복한 시절이 존재할 수 없기 때문이다. 때로는 춥고 배 고팠던 시절이 더욱더 그립고, 때로는 놓친 물고기가 더욱더 크게 보인다. 풍백風伯, 우사雨師, 운사雲師를 거느리고 내려왔던 환웅, 환웅과 웅녀의 아들로서 홍익인간의 조선을 건국했던 단군, 유화가 낳은 알에서 태어났던 주몽, 강보에 싸여 떠내려 왔던 모세, 파도의 물거품 속에서 태어났던 비너스, 석가족의 왕족으로서 입산속리했던 부처 등―, 그들의 어린 시절은 모두가 다같이 불행했지만, 그러나 먼 훗날에는 그 어렵고 불행했던 시절이 가장 아름답고 행복했던 시절이 되었던 것이다. 추억이란 모든 사건과 그 상처들을 끊임없이 미화하고 성화시킨 신화의 기원이라고 할 수가 있다. 시인은 거짓말을 해도 숱하게 하고, 시인의 거짓말은 그 어떠한 진실보다 더욱더 아름답고 진실한 거짓말이라고 할 수가 있다.

이복규 시인의 「시월」은 그의 미식취향에도 맞닿아 있고, 남강의 유등축제에도 맞닿아 있으며, 신혼살림을 차렸던 거제의 능포에도 맞닿아 있다. "네가 떠나고 다시 볼 수 없을 때 나는 함양에 갔다고 할 것이다"
의 '너'는 지난 날의 '나'이며, 나는 그 지난 날의 '나'의
흔적을 찾아 떠나게 된다. 함양시장 입구에서 황태해
장국을 한 그릇 비우고, 가을볕에 꼬들꼬들 잘 마른 할
머니들이 내놓은 산약초 좌판을 지나 병곡순대 집에서
순대 한 접시를 먹는다. 진주 중앙시장 사거리에서 튀
긴 새우와 고추를 먹고, 골목 안 제일식당을 지나 하동
집에서 양은냄비에 졸복 지리 한 그릇을 먹는다. 그리
고 어디로 갈지 몰라 서성거리다가 해질녘 남강 둔치
에서 유등 축제를 보기도 하고, 축제마다 떠돌던 각설
이들의 타령과 함께, 가진 것 다 팔아도 남는 것도 없
던 사람들의 등 뒤로 해지는 남강을 바라보며 거제로
돌아온다. "거제로 돌아와 처음 신혼살림을 차렸던 능
포, 새마을식당 지나 어린 딸을 업고 해풍을 잠재웠던
방파제에 앉았다가, 낚시꾼에게 오늘 무슨 고기가 많
이 잡히냐고 물어" 본다. 잠시 "텅 빈 어망에 내 마음
이 머물렀다가" "십월의 비읍이 바람 따라 사라진 시
월"을 생각해본다.

황태해장국, 병곡순대, 튀긴 새우와 고추, 졸복 지
리, 그 입맛과 추억도 변함이 없고, 남강의 유등축제와

해질녘의 풍경도 변함이 없다. 신혼살림을 차렸던 능
포와 그 모든 풍경들도 변함이 없지만, 그러나 그 '나'
는 떠나가고 없고, 그 '나'를 찾을 수가 없다.

추억은 그리움이고, 환영이며, 어디로 갈지 모르는
내가 재구성해 보는 삶의 드라마일는지도 모른다.

추억의 아름다움은 잘 못 산 자, 즉, 자기 자신을 잃
어버린 인간의 자기 찬양과 자기 위로의 산물이라고
할 수가 있다.

"십월의 비읍이 바람 따라 사라진 시월", 내가 떠나
가고 없는 나, 시월은 낙엽의 계절이며, 상실의 계절이
라고 할 수가 있다.

박금선
늑대의 이름으로

밤이 되면 가끔 나는 늑대가 되지
두근거리는 심장의 골짜기를 지나
폭포의 물소리가 세차게 들리는 칙길을 가면
금방 튀어나올 것 같은
산토끼거나 혹은 너구리
나무에서는 올빼미도 살아
내가 늑대가 되는 순간
요술에 걸린 듯
또 다른 이름을 얻는
꽃이나 나비, 잠자리 같은
여린 것들도 있지만
하필이면 나는
감추고 있던 이빨과 발톱이
슬금슬금 털을 밀고 나오는 거야
담벼락 밑에 길 고양이

나뭇가지에 잠자는 비둘기도

싫어하는 짐승이 된다는 것

슬픈 현실이지

웃음과 울음과 상처를 숨기고

비웃음을 피하는 기술을 익히려고

발버둥치는 나약한 무리 속에

스스로를 가두는 벌을 받는 중인지도 몰라

발톱을 숨기고

털을 세우고

본능의 나를 만나는 날

하늘의 한 쪽 문이라도 열리는 듯

털이 벗겨지기를 기도하는 나

영혼이 메말라 갈수록

울음소리가 더 커진다는 것을 기억하는

다른 이름이 되고 싶은 나

풍년이 들면 인심이 후하고, 흉년이 들면 인심이 사나워진다. 세상이 평화로우면 어진 성군聖君이 나타나고, 전쟁이 일어나면 천하무적의 영웅이 나타난다. 어진 성군은 난세를 극복해낸 천하무적의 상승장군이며, 그의 인자하고 온화한 탈을 벗기면 그토록 사납고 흉악한 늑대의 모습이 드러나게 된다.

박금선 시인의 「늑대의 이름으로」는 "영혼이 메말라갈수록/ 울음소리가 더 커진다는" 시구에서처럼, 자기 자신의 야수의 본능을 일깨우며, 모든 난세亂世를 치세治世로 바꾸고 싶다는 욕망을 드러낸 시라고 할 수가 있다. 밤이 되면 가끔 나는 늑대가 되고, "두근거리는 심장의 골짜기를 지나/ 폭포의 물소리가 세차게 들리는 길을" 간다. 산토끼와 너구리와 올빼미도 살아 있지만, "내가 늑대가 되는 순간/ 요술에 걸린 듯/ 또 다른 이름을 얻는/ 꽃이나 나비, 잠자리 같은/ 여린 것들도"

있다. 담벼락 밑에는 길 고양이도 있고, 나뭇가지에는 잠자는 비둘기도 있지만, 하필이면 모든 짐승들이 싫어하는 늑대가 된다는 것은 먹이사슬의 최하단계에서 벗어나고 싶다는 안간힘의 소산일 수도 있는 것이다. 산토끼와 너구리와 올빼미의 탈을 쓰고는 먹이사슬의 최하단계를 벗어날 수도 없고, 나비와 잠자리와 길 고양이의 탈을 쓰고는 또한, 먹이사슬의 최하단계를 벗어날 수도 없다. 이 먹이사슬의 최하단계를 벗어나는 길은 "웃음과 울음과 상처를 숨기고" "발톱을 숨기고/ 털을 세우고/ 본능의 나를 만나" 먹이사슬의 최정점의 늑대로 변신하는 것이다.

먹이사냥이 어렵고 생존의 위기에 몰리면 누구나 다 같이 사나워지고, 전쟁이 일어나고 무자비한 약탈과 살육이 일어나면 야수 중의 야수인 늑대가 나타나 천하를 평정하게 된다. 고귀하고 위대한 인물은 야수 중의 야수인 늑대였던 것이고, 그가 '늑대의 이름으로' 불리게 되는 순간, 그는 재빨리 건국의 아버지와 인류의 영웅과도 같은 또다른 탈을 쓰게 된다.

인간은 누구나 다같이 신분상승의 욕망을 꿈꾸고, 이 신분상승의 욕망 앞에서는 만인이 평등하다. 대학교수, 국회의원, 판사, 검사, 장관, 대통령 등은 이 신분상승의 욕망의 탈에 불과하며, 인간은 변하지만 신분상승욕망의 탈은 변하지 않는다. 한 마리의 늑대에서 또다른 늑대로, 또다른 늑대에서 또다른 늑대로 끊임없이 변신을 꾀하며 다양한 늑대의 이름으로 살아가게 된다.

박금선 시인의 '늑대의 이름'은 다양한 탈을 가진 이름이며, 그 어느 누구에게 양보할 수 없는 이름이라고 할 수가 있다.

이순희

아무島

강남역 네거리엔 인파가 넘실거린다
한 겨울 한파에도 리듬을 타듯
수많은 머리들이 물결처럼 밀리고 밀려간다
그 물결 속에
그녀
외로운 섬으로 떠 있다

사람들 몰려와 물거품인 듯
그 섬에 부딪히지만 거품은 이내 꺼지고 만다
누구도 오를 수 없는
그 섬
파도와 바람만이 스칠 뿐이다
철썩 철썩 인파가 그 섬을 치면
그녀의 울음이 바람에 실려 간다

지독한 외로움에

그 섬 자연을 닮아 스스로 그러하다는 듯

아무島라는 섬

홀로 그렇게 떠 있다

해탈解脫이란 무엇인가? 해탈이란 이 세상의 모든 고통과 번뇌에서 벗어나 걱정이나 근심이 없는 편안한 경지를 말한다. 열반涅槃이란 무엇인가? 모든 고통과 번뇌에서 벗어나 해탈에 이른 경지, 즉, 진리의 세계(극락의 세계)에 입적한 것을 말한다. 해탈과 열반은 불교 수행의 최고의 목적이며, 만악의 근원인 탐욕에서 벗어난 경지를 지시한다고 하지 않을 수가 없다. 수염도 권위의 상징이고, 머리카락도 권위의 상징이며, 따라서 모든 수행자들이 머리를 깎고 학문에 정진하는 것도 이 해탈과 열반의 경지에 올라서기 위한 과정이라고 할 수가 있다.

기독교, 불교, 이슬람교, 힌두교, 유태교 등, 이 모든 종교들도 탐욕을 만악의 근원이라고 역설하고 있지만, 그러나 오늘날에는 탐욕이 최고의 선인 사회가 되었다고 할 수가 있다. 네 이웃을 내몸처럼 사랑하고, 어렵고 힘든 사람들을 만나면 조건없이 도와주라는 윤리학의 근본명제는 사라지고, 이기주의의 최종형태인 탐욕이 윤리학의 근본 목적이 되어버린 것이다. 돈은 좋은 것이고, 더 많은 돈은 더욱더 좋은 것이고, 이 돈을 위해서라면 그 어떠한 더럽고 추한 싸움도 마다하지를 말아야 한다. 악어와 호랑이와 사자와 부자는 절대로 먹이싸움에서 양보를 하지 않으며, 더 많은 돈을 벌고 더 많은 부를 축적하기 위해서는 더없이 잔인하고 냉정해지지 않으면 안 된다. 현대자본주의 사회는 매출 순위와 영업이익 순위, 세계적인 억만 장자의 순위에서 알수가 있듯이, 돈에 의해서 모든 가치가 분배되고 계급서열이 정해지는 사회라고 할 수가 있다.

하지만, 그러나 탐욕과 이기주의는 반생물학적인데, 왜냐하면 사회적 동물들의 삶의 질서를 근본부터 부정하고 있기 때문이다. 또한, 탐욕과 이기주의는 반 사회적인데, 왜냐하면 가정과 사회와 국가의 토대를 근본부터 부정하고 있기 때문이다. 그의 친절한 웃음도 가짜이고, 그의 자선도 더 많은 돈을 벌기 위한 미끼에 지나지 않는다. 아내의 사랑도 더 많은 소유권을 주장하기 위한 간계이고, 남편의 사랑도 아내의 재산을 가로

채기 위한 간계이다. 부모님에 대한 효도도 더 많은 상속을 위한 간계이고, 정치인의 애국심도 더 많은 부를 축적하기 위한 권모술수에 지나지 않는다. 탐욕이 탐욕을 위해서 선량한 가면을 쓰고, 이 선량한 가면을 쓴 자들일수록 '탐욕만세의 신봉자'가 되어간다. 무욕망과 무집착, 이웃사랑과 조건없는 자선을 강조하는 목사와 수도승들마저도 그 신도들의 영혼과 재산을 가로채 가는 대사기꾼들에 지나지 않는다.

나도 너를 못 믿고, 너도 나를 못 믿는다. 나도 나를 못 믿는데 네가 나를 어떻게 믿고, 너도 너를 못 믿는데 내가 너를 어떻게 믿겠는가? 우리도 우리가 아닌데 우리가 어떻게 당신들을 믿고, 당신들도 당신들이 아닌데 당신들이 우리를 어떻게 믿겠는가? 탐욕의 이빨은 사랑이 아닌 상호불신의 이빨이며, 이 상호불신의 이빨에 물리면, 인간이 사라지고 가정이 해체되며, 공동체 사회가 붕괴된다. 가짜가 진짜가 되고, 진짜가 가짜가 되며, 이 가짜 명품들이 이순희 시인의 「아무島」의 주인공이 된다.

강남역 네거리에 수많은 사람들이 인산인해人山人海처럼 밀려와도 그 물결 속에 외로운 섬처럼 떠 있는 그녀, 언제, 어느 때나 수많은 사람들이 몰려와 그 섬에 부딪히지만 더욱더 지독한 외로움에 떨고 있는 그녀—.「아무島」의 나는 내가 아니고 타인이며, 물거품이고 환영이라고 할 수가 있다.「아무島」의 당신도 당신이 아니고 타인이며, 물거품이고 환영이라고 할 수가 있다. 탐욕의 이빨에 물린 역사와 전통이 정신분열증을 일으키고, 정신분열증을 일으킨 역사와 전통이 '아무道'를 믿는 광신도가 된다. 광신은 맹목이 되고, 맹목은 무조건적인 더 많은 이익을 쫓는 괴물, 즉, 대중, 어중이 떠중이, 교사, 군인, 대통령, 장관, 학자, 목사, 백치가 된다.

이순희 시인의「아무島」는 이름없는 사람이고, 외로운 섬이고, 영원한 광신도들의 이상낙원이다.「아무島」에서는 인간의 양심이 탐욕이라는 전제군주 앞에서 굴복해버리고, 서로가 서로를 믿지 못하는 질병을 앓게 된다. 지독한 외로움은 인간이 해체될 때 나오는 파도소리(신음소리)와도 같으며, 이 지독한 외로움을 앓게 되면 모든 역사와 전통이 해체되고, 탐욕이라는 전제군주가 철권을 통치를 하게 된다.

이제 영원한 미완의 과제인 인간존재론은 아주 간단

하고 더없이 명확해졌다. 우리는 어디에서 와서 어디로 가는가? 우리는 아무도에서 와서 '지독한 외로움'이라는 질병을 앓다가 아무도로 사라져 간다.

아무도, 아무도, 아무도—. 대중, 어중이 떠중이, 교사, 군인, 대통령, 장관, 학자, 목사, 백치 등, 영원한 타인이라는 괴물들의 이상낙원—.

* 아무道 : 탐욕의 근본통치 이념.
* 아무島 : 외로운 자, 정신분열증 환자들의 영원한 안식처.
* 아무도 : 자본주의 사회의 영원한 자유인들(개인들)의 초상.

최병근
모기 견인차

예민한 주둥이 안테나를 곧추세우고
늘 후미진 곳에 숨어 기다리다가
누군가의 비명소리가 타전되는 순간
피 냄새를 따라 현장으로 질주한다

한 방울 피라도 먼저 빨아야 하기에
잠드는 순간인데도 윙윙거린다
극성스러운 소음을 내지르며
경찰이나 소방차보다 더 빨리 발진한다

교통사고로 부서진 차량은
떠가는 게 임자라는 견인의 법칙
선착순 준비된 먹잇감을 찾아
늦은 밤 교각 아래 웅크린 모기떼들

📖

　따지고 보면 모든 학교는 범죄인 양성소이며, 우리 학자들은 더 크고, 더 멋지게, 타인의 피를 빨아먹는 사기술을 가르치며 살아가는 자라고 할 수가 있다. 이 땅의 어중이 떠중이들은 최하천민의 사기꾼이고, 어느 정도 여유가 있고 선량한 인간의 탈을 쓴 지식인들은 중간 계급의 사기꾼이며, 소수의 부자들, 즉, 소수의 특권층의 사람들은 가장 파렴치하고 무자비한 대사기꾼들이라고 할 수가 있다. 최하천민의 사기는 최병근의 「모기 견인차」에서처럼, 약육강식의 피비린내를 풍기지 않으면 안 되고, 중간계급의 사기는 타인들을 관리 감독하며, 어느 정도 존경을 받으며 살아가지 않으면 안 되고, 소수의 특권층의 사람들은 문화적 영웅이나 자선사업가의 탈을 쓰고 살아가지 않으면 안 된다. 예컨대 빌 케이츠, 워런 버핏, 조지 소로스 등은 일년에 십 조원이나 수십 조원씩 돈을 벌지만, 그러나 그들의 자선사업만 부각될 뿐, 그들이 어떻게 그 천문학적인 돈을 버는지는 잘 알려지지도 않는다. 그들은 언제, 어느 때나 자비롭고 친절한 천사처럼 보이지만, 그러나 그들의 대사기술, 즉, 그들의 은밀한 전략과 전술에는 수많은 사람들이 그 어떤 비명 소리도 지르지 못한 채 죽어간다. 왜냐하면 이 세상의 삶 자체가 약육강식의 법칙으로 되어 있으며, 소위 크게 성공한 자들은 언제, 어느 때나 '고등사기술'을 자유자재롭게 구사할 수 있는 사람들이라고 할 수가 있다.

지혜는 한 마디로 사기치는 기술이며, 이 고등사기술은 마치 전략과 전술처럼 대학교육제도에 의해서 개발되고 전수되며, 최고급의 인식의 제전으로서 보존된다. 당신은 누구를, 무엇을 가장 잘 요리하고 최종적인 승리를 이끌어낼 수가 있는가? 아는 것은 힘이고, 많이 아는 자는 그 어떤 상대도 인정하지를 않는다.

어떤 인간이 밥그릇 확보에 실패하면 전면적인 생존의 위기를 느낀 나머지, 최악의 발광을 하는 미치광이가 되어버린다. 요컨대 그는 밥그릇의 이름과 그 역사 속에서 무자비한 정복과 약탈과 인권유린과 살육과 보복 등, 그야말로 약육강식의 진면목을 찾아내고, 이 세상의 그 모든 가치들은 무자비하게 물어뜯게 된다. 모든 싸움은 밥그릇 싸움이며, 이 싸움 앞에서는 양보가 없다. 양보가 없다는 말은 사생결단식의 말이며, 더없이 난폭하고 무자비한 잔인성이 배어 있는 말이라고 할 수가 있다. 밥그릇 확보가 안전한 사람은 무서운 잔인성을 숨긴 채 언제, 어느 때나 자비롭고 친절한 천사의 탈을 쓰고 살아가지만, 밥그릇 확보가 안전하지 못한 사람은 원시적인 야만의 탈을 쓰고 무자비한 살육을 감행하면서 살아간다.

타인의 불행은 나의 행복이 되고, 이 기회를 포착하기 위해서는 천 개의 눈과 천개의 팔다리를 갖고 있지 않으면 안 된다. "예민한 주둥이 안테나를 곤추세우고/ 늘 후미진 곳에 숨어 기다리다가/ 누군가의 비명소리가 타전되는 순간/ 피 냄새를 따라 현장으로 질주한다." 타인의 불행과 타인의 비명횡사는 하늘의 은총과도 같은 축복인데, 왜냐하면 그 피투성이 시체는 가장 영양가가 풍부하고 가장 맛있는 음식이기 때문이다. "한 방울 피라도 먼저 빨아야 하기에" "극성스러운 소음을 내지르며/ 경찰이나 소방차보다 더 빨리 발진"하지 않으면 안 되고, 언제, 어느 때나 먼저 "떠가는 게 임자라는 견인의 법칙"을 준수하지 않으면 안 된다.

아버지 황제의 장례식이 아들 황제의 대관식이 되고, 소위 친구의 죽음이 '벼락출세의 행운'을 가져다가 준다.

이 땅의 어중이 떠중이들은 말한다. "피를 빨아라! 이것 저것 다 무시하고, 더욱더 무자비하고 노골적으로 피를 빨아라!!"

소수의 특권층들, 즉, 소수의 문화적 영웅들을 말한다. "선행을 하라! 타인들이 언제, 어느 때나 무한한 존경과 찬양을 가져다가 바치는 선행을 쳐라!!"

김순일 함기석

김영수 한명원

오성인 박남희

박방희 채의정

박형준 최연희

정채원 박성우

김광선 최서림

김순일
벽
— 시의 날개

내가 처음 시의 벽을 타고 넘으려고 날개의 깃털을
키울 때 은사 한성기의 '바람이 맛 있어요'를 매일 숨
쉬며 살았지 만나는 이들 모두 '나'의 숨소리가 보이지
않는다는 거야

서정주에 푸욱 빠졌을 때는 '질마재 신화'를 가슴 깊
이 품고 살았는데 나와 살을 맞대고 살겠다던 시의 여
신이 나의 살냄새가 없는 나하고는 살맛이 없다고 떠
나버린 거 있지

날개를 접고 만해의 깊고 넓은 바다에 닻을 내리고
살면서 '임의 침묵'이 내 시의 젖줄이라고 믿었었지 그
런데 네 영혼은 어느 절 수행승으로 놔두고 왔냐며 사
람 맛이 나지 않는다고 타박하는 거야

우유니 소금사막*을 건너가듯 시의 갈증을 풀어 줄 푸른 숲을 찾아가던 내 시의 날개는 어디서 파닥이고 있을까 하염없이 집으로 돌아온 봄날

　　수선화 앞에 쪼그리고 앉아 노랑노래 소리가 들린다 며 나비손짓을 하는 다섯 살배기 손녀!

　　그 손녀 아이가 내 시의 날개가 날아 넘어야 할 벽이 라는 것을 비로소 알았네

　　* 볼리비아에 있는 세계 제일의 소금사막

만일, 인생이 예술이라고 한다면 어느 누구도 더럽고 추하게 살지는 않을 것이다. 예술이란 아름다움이며, 있어야 할 것은 꼭 있어야 하고, 그 어떠한 군더더기가 하나도 없어야 할 것이다. 아름다움이란 가장 독창적이고 새로운 것이며, 아름다움을 창조한 자는 그 아름다움 속에 자기 자신의 붉디 붉은 피와 생명과 영혼까지도 다 불어넣지 않으면 안 된다. 목숨을 걸면 예술이 되고, 목숨을 걸지 않으면 사기가 된다. 인생이란 예술과 사기 사이에 놓여진 밧줄과도 같으며, 사기의 말로는 비참하고, 예술의 결과는 더욱더 아름답다. 사기꾼은 눈앞의 이익을 위하여 타인들을 속이는 자와도 같고, 예술가는 전체 인류의 영광과 세계평화를 위하여 자기 자신을 희생시키는 사람과도 같다. 목숨을 걸면 길이 보이고, 목숨을 걸면 좀더 대범해지고 그 어떤 싸움도 두려워하지 않는 용기가 생긴다. 호머, 셰익스

피어, 괴테, 보들레르, 랭보, 반 고호, 폴 고갱, 모차르트, 베토벤 등의 평가의 기준은 그들의 예술작품 속의 순혈성이며, 그 어떠한 대사상가와 대작가도 자기 자신의 목숨을 걸지 않은 사람이 없다. 목숨만큼 소중하고 순수하며 진실한 것도 없고, 목숨만큼 만인의 마음을 사로잡고 감동시키는 것도 없다. 붉디 붉은 피로 쓰기만 하면 예술작품의 내용과 형식이 결정되며, 이 내용과 형식은 영원한 생명력을 얻게 된다.

단 하나뿐인 목숨을 걸지 않는다면 그는 고귀하고 위대한 예술가가 될 수 없고, 단어 하나, 토씨 하나, 쉼표 하나, 마침표 하나에도 목숨을 걸어야 그것들이 살아 있는 생명력을 얻게 된다. 단어 하나, 토씨 하나, 쉼표 하나, 마침표 하나 들이 그가 쓴 문장내에서 살아있지 않다면, 그 문장은 어떤 생명체도 살 수 없는 죽어버린 강에 지나지 않게 될 것이다. 예술과 생명은 하나이며, 시인의 삶은 예술작품 속에서 가장 구체적이고 역동적으로 살아 움직이지 않으면 안 된다.

내가 시의 본질과 시인의 정신을 이처럼 역설하고 있는 것은 김순일 시인의 「벽 —시의 날개」를 읽고 그것에 대한 명시감상을 쓰고 싶었기 때문이다. 천하제일 시 속에는 이미 그것에 대한 평이 다 들어 있으며, 독자는, 비평가는 자기가 읽고 느낀 대로 그것을 받아 적기만 하면 된다. 이것은 대목수가 나무를 만난 것과도 같고, 대석공이 돌을 만난 것과도 같다. 좋은 시는 울창한 언어의 숲과도 같고, 좋은 시는 신선하고 맑은 공기와 수많은 생명들을 품어 기르는 언어의 숲과도 같다. 김순일 시인의 「벽」은 그가 '시의 날개'를 얻기까지의 형벌의 역사를 간직하고 있으며, 그가 시인의 날개를 얻고 그 벽을 돌파하기까지의 그토록 오랜 '고통의 지옥훈련 과정'을 거쳐왔다는 것을 뜻한다. "한성기의 '바람이 맛있어요'를 매일 숨쉬며" 살았지만, "나의 숨소리가 보이지" 않았다는 것, 서정주의 "질마재 신화를 가슴 깊이 품고" 살았지만, "나와 살을 맞대고 살겠다던 시의 여신"이 "나의 살냄새가 없는 나하고는 살맛이 없다고" 떠나버렸다는 것, "날개를 접고 만해의 깊고 넓은 바다에 닻을 내리고 살면서 '임의 침묵'이 내 시의 젖줄이라고" 믿었지만, "네 영혼은 어느 절 수행승으로 놔두고 왔냐며 사람 맛이 나지 않는다고 타박"을 맞았다는 것이 바로 그것을 증명해준다. 시인의 길은 멀고 험하고, 손에 잡힐 듯이 잡히지 않는 신기루와도 같고, 그 타는 갈증은 '우유니 소금사막'을 건너가며 푸르디 푸른 숲과 오아시스를 찾아가는 나그네의 꿈과도 같다.

　은사 한성기의 '바람이 맛 있어요'를 매일 숨쉬며 살아도 그것은 한성기의 시이지 나의 시가 아니고, '질마재 신화'를 아무리 가슴 깊이 품고 살아도 그것은 서정주의 시이지 나의 시가 아니고, 제아무리 만해의 '임의 침묵'이 내 시의 젖줄이라고 그 넓고 깊은 바다에 닻을 내려도 그것은 만해의 시이지 나의 시가 아니다. 이처럼 자기 스스로 '우유니 소금사막'을 만들고 그 소금사막을 건넌 결과, 드디어, 마침내, "다섯 살배기 손녀"를 통해서 우화등선의 날개를 얻게 되었던 것이다. "수선화 앞에 쪼그리고 앉아 노랑노래 소리가 들린다며 나비손짓을 하는 다섯 살배기 손녀"는 최초의 시인이자 최후의 시인이었던 것이다. 시와 대상도 하나이고, 시인과 생명도 하나이고, 시인과 언어도 하나이다. 시와 대상, 시인과 생명, 시인과 언어—, 이 삼원일치속에서, 노랑수선화 앞에서 노랑노래 소리를 들으며 나비날개를 얻은 손녀처럼, 그 모든 벽을 돌파할 수 있는 시의 날개를 얻을 수가 있었던 것이다.

　김순일 시인의 「벽」은 시의 날개를 얻은 순수예술의

극치이며, 시인 정신의 승리라고 할 수가 있다.

목숨을 걸어라! 목숨을 걸면 시의 날개를 얻고 그 어떤 우유니 소금사막도 가볍고 산뜻하게 건너갈 수가 있을 것이다.

함기석
성탄전야

작은 고라니가 차에 치여 도로변에 쓰러져 있다
어미 고라니가 곁에서 스륵스륵
피 묻은 새끼의 눈과 입을 핥아주고 있다
불을 깜빡이며 작업차가 다가오자
어미는 슬금슬금 산 아래 풀숲으로 달아난다
멀리 가지는 못하고
마른 칡넝쿨로 뒤덮인 소나무 밑에서
목을 뒤로 돌린 채 아스팔트를 바라본다
작업복 입은 아저씨 둘이
죽은 새끼를 자루에 담아 떠난 후에도
어미는 그 자리에 그대로 서서
빈 아스팔트만 쳐다본다
겨울야산 찬 허리엔 달이 떠오르고
밤하늘은 살얼음 깔리는 호수처럼 파르르 떨고 있다
한참 시간이 흐른 뒤에야 어미는

새끼와 함께 내려왔던 산길을 혼자서 돌아간다

조금 걷다가 뒤돌아보고

조금 걷다가 또 뒤돌아보면 그때마다

아장아장 발소릴 내며 뒤따라오는 동그란 달

달이 꼭 죽은 새끼의 겁먹은 눈망울 같아서, 어미는

인생은 비극이며, 이 비극의 역사가 인간의 삶의 역사를 기록한다. 산다는 것은 어렵고 힘든 일이며, 어느 누구도 자기 자신의 꿈을 이루지 못하고 수많은 시련과 고통 속에서 죽어간다. 비극이란 살부와 근친상간을 범하고 테베 사회를 구원했던 외디프스의 운명과도 같으며, 우리가 그토록 비극에 열광하는 것은 비극의 주인공의 운명을 통하여 자기 자신의 삶을 찬양하고 긍정하기 위해서라고 할 수가 있다. 외디프스는 살부와 근친상간을 범했지만 테베사회를 구원했고, 프로메테우스는 카우카소스(코카서스)의 바윗산에 묶여 제우스의 신조인 독수리에게 하염없이 간을 쪼아먹혀야 했지만 우리 인간들에게 불을 가져다가 주었다. 소크라테스는 '악법도 법이다'라고 한 사발의 독배를 마시고 죽어갔고, 데카르트는 전지전능한 신에 맞서서 인간의 자기 발견(사유하는 인간)을 이룩하고 머나먼 이국땅에서 너무나도 외롭고 쓸쓸하게 죽어갔다.

함기석 시인의 「성탄전야」는 예수의 탄생을 기념하기 위한 날이지만, 그러나 그 거룩하고 성스러운 날, "작은 고라니가 차에 치여 도로변에 쓰러"진 것을 발견한 것이다. 신도 없고, 성탄전야도 없고, 축복도 없다. 모든 성자의 운명은 작은 고라니의 운명에 지나지 않으며, 비명횡사가 그 정답일는지도 모른다. 어쩌다가 다행히 어미 고라니처럼 살아 남아서 "피 묻은 새끼의 눈과 입을 핥아"주지만, 그러나 그것 역시도 또다른 비명횡사에 지나지 않는다. 삶이란 좀더 오래 살거나, 좀더 일찍 죽거나 별다른 차이가 없고, 어느 누구도 비명횡사의 운명에서 벗어나지 못한다.

작업복 입은 아저씨 둘이

죽은 새끼를 자루에 담아 떠난 후에도

어미는 그 자리에 그대로 서서

빈 아스팔트만 쳐다본다

겨울야산 찬 허리엔 달이 떠오르고

밤하늘은 살얼음 깔리는 호수처럼 파르르 떨고 있다

한참 시간이 흐른 뒤에야 어미는

새끼와 함께 내려왔던 산길을 혼자서 돌아간다

조금 걷다가 뒤돌아보고

조금 걷다가 또 뒤돌아보면 그때마다

아장아장 발소릴 내며 뒤따라오는 동그란 달

달이 꼭 죽은 새끼의 겁먹은 눈망울 같아서, 어미는

함기석 시인의 「성탄전야」는 우리 인간들의 눈물샘을 무한히 자극하는 서정시이자 비극의 진수라고 할 수가 있다. 태어난다는 것은 두렵고 무섭고, 산다는 것도 두렵고 무섭다. 산도 비명횡사처럼 솟아 있고, 들도 비명횡사처럼 펼쳐진다. 태양도 비명횡사처럼 떠오르고, 달도 비명횡사처럼 뜨고 진다. 겨울야산 찬 허리엔 달이 떠오르고, 밤하늘은 살얼음 깔리는 호수처럼 파르르 떤다. "조금 걷다가 뒤돌아보고/ 조금 걷다가 또 뒤돌아보면 그때마다/ 아장아장 발소릴 내며 뒤따라오는 동그란 달/ 달이 꼭 죽은 새끼의 겁먹은 눈망울"과도 같다. 시인은, 어미 고라니는 운다. 울며, 조용히 흐느끼며, 이 비명횡사의 길에서 이렇게 외치고 있는 것인지도 모른다.

"성탄은 가장 더럽고 추한 말이며, 산다는 것은 무섭

고 끔찍한 것이다. 신도 없고, 성탄도 없고, 축복도 없다. 나는 두 번 다시 태어나지 않을 것이다."

함기석 시인과 작은 고라니와 어미 고라니가 하나가 되고, 이 감정이입을 통해서 서정적인 비극의 진수를 선보이고 있는 「성탄전야」는 가장 아름다운 슬픔의 시라고 할 수가 있다. 함기석 시인의 「성탄전야」는 허무주의자의 시이며, 반기독교적인 시라고 할 수가 있다.

김영수
이런 집

세상에서 가장 따뜻한 집

생명이 피어나는 집

사랑이 가득한 집

희망이 샘솟는 집

4형제가 넉넉한 정을 나누는 집
O A B AB, ABO Friends*

곧 유네스코 세계문화유산에 오를 집

적십자 헌혈의 집

* ABO Friends : ABO식 혈액형과 친구라는 뜻을 결합.

시는 쓸모없는 것이 아니라 쓸모 있는 것이다. 시는 칸트나 쇼펜하우어의 말대로, '의지의 한결같은 야비한 주장으로부터 우리 인간들을 해방시키는 것'이 아니라, 더없이 순수하고 아름다운 인간을 창출해내기 위한 최고급의 언어예술이라고 할 수가 있다. 태초에 말(언어)이 있었고, 우리 시인들은 이 말씀으로 이 세계와 만물들을 창출해냈다. 어머니와 아버지가 자기 자식을 사랑하듯이, 또는 예술가가 자기 자신의 작품을 사랑하듯이, '사랑의 시학'은 모든 미학의 기초가 된다.

　사무사思無邪의 경지, 시는 인간의 자기 위로와 자기 찬양의 최고급의 언어예술이라고 할 수가 있다. 만일 시가 없었다면 우리가 어떻게 이상적인 인간과 이상적인 세계를 알고, 만일 시가 없었다면 우리가 어떻게 선악을 알고 자기 성찰과 동시대를 비판할 수가 있었단 말인가? 시가 있기 때문에 우리는 숨을 쉬고 꿈을 꿀 수가 있으며, 시가 있기 때문에 우리는 수많은 어려움과 고통을 다 극복해내며, 이 세상의 삶의 찬가를 부를 수가 있었던 것이다.

김영수 시인의 「이런 집」은 이 세상에서 가장 따뜻한 집이고, 언제, 어느 때나 생명이 피어나는 집이다. 또한 「이런 집」은 사랑이 가득한 집이고, 언제, 어느 때나 희망이 샘솟는 집이다. 이 세상에서 가장 따뜻한 집, 생명이 피어나는 집, 사랑이 가득한 집, 희망이 가득한 집은 즉, "4형제가 넉넉한 정을 나누는 집"이며, "곧 유네스코 세계문화유산에 오를 집"이라고 할 수가 있다. 김영수 시인은 경북 김천에서 가난한 농부의 아들로 태어났고, 쉰을 훌쩍 넘긴 나이에 시인으로 등단했으며, 현재 대한적십자사 산하기관인 경기혈액원장으로 재직하고 있다. 국제적십자는 일찍이 앙리 뒤낭이 창설한 국제기구이며, 전쟁과 자연재해의 희생자들과 기아선상의 난민들을 돌보기 위한 인도주의 단체라고 할 수가 있다. 대한적십자사 혈액원은 혈액사업을 통해 인도주의를 실천하는 기관이며, 김영수 시인이 30여 년 간 그 기관에서 근무를 하고 있다는 것은 'ABO Friends', 즉 '인도주의 정신'을 온몸으로 실천해왔다는 것을 뜻한다. 따뜻한 집은 모두가 살기 좋은 집을 말하고, 생명이 피어나는 집은 옛세대와 신세대의 삶이 꽃 피어나는 집을 말한다. 사랑이 가득한 집은 너와 내가 '우리'로서 하나가 되는 집을 말하고, 희망이 샘솟는 집은 언제, 어느 때나 분명한 목표가 있고, 그 목표를 향해 중단없는 전진을 할 수 있는 집을 말한다. 요컨대 국제적십자 헌혈의 집은 이상적인 집이며, 전인류가 'ABO식 혈액형과 친구'인 집이고, 곧 유네스코 세계문화유산에 오를 집이다. 김영수 시인의 '사랑이 가득한 집'은 '나는 사랑한다. 고로 존재하다'와 '세계는 나의 사랑의 표상이다. 고로 행복하다'라는 그의 존재론과 행복론이 마주치는 '사랑의 시학'이라고 할 수가 있다. 사랑은 붉디 붉은 피이고, 붉디 붉은 피는 물보다 진하다. 사랑은 만인들을 불러 모으고, 그 모든 것을 미화시키며, 앎(지혜)을 실천하는 인도주의 정신으로 꽃 피어난다.

하지만, 그러나 말은 쉽고, 실천은 어렵다. 따라서 말과 실천, 즉, 이론철학과 실천철학이 하나가 되는 삶의 철학이 앙리 뒤낭의 경우에서처럼, 모든 인간들의 귀감이 되고, 그 이름을 얻게 된다. 형체가 없는 말로 인간의 얼굴을 만들고, 그 인간의 얼굴로 전인류의 표본, 즉, 성자의 얼굴을 만든다. 최초의 인간이며, 최후의 인간인 성자, 우리는 이 성자가 있기 때문에, 오늘도 희망과 용기를 잃지 않는다. 시는 앎이고, 앎은 실천이며, 실천은 사랑이다. 세익스피어도, 호머도 사랑의 꽃이고, 앙리 뒤낭도, 김영수 시인도 사랑의 꽃이다.

한명원
아침

안개너머

새들이

해를 물고 와 수면에 떨어뜨린다

강이 아침을 짓는다

강물이 타는 냄새

출렁임도 없이

김이 솟아오를 때

아가미로 냄새를 빨아들이는

송어들

비늘마다 반짝 살이 오른다

이 세상에는 두 가지의 죄악이 있는데, 첫 번째는 알면서도 가르쳐 주지 않는 것이고, 두 번째는 모르면서도 배우려고 하지 않는 것이다. 전자는 스승의 죄악이 되고, 후자는 제자의 죄악이 된다. 안다는 것은 새로운 세계의 개진이며, 새로운 세계의 개진은 인간의 자기 발전과 문명과 문화의 발전을 뜻한다. 인간은 생각하는 동물이며, 우리 인간들이 이 세계를 지배한다는 것은 대교육제도에 의해서 최고급의 지혜를 창출해내고, 모든 것을 앎의 보호 아래 둔다는 것이다. 아는 것은 소유하고 정복하는 것이며, 소유하고 정복한다는 것은 이 세계를 지배한다는 것이다. 모든 싸움(전쟁)은 앎의 투쟁이며, 이 앎의 투쟁에서 패배를 하면 그 민족이나 국가는 그 어떠한 명예와 지위도 가질 수가 없게 된다.

무지의 상태에서 앎의 상태로 나아가는 것을 '발견'

이라고 부르고, 앎의 상태에서 무지의 상태로 나아가는 것을 '급전'이라고 부른다. 이 발견과 급전은 아리스토텔레스의 『시학』의 두 요소이며, 이 발견과 급전만이 우리 인간들에게 충격을 가하고 새로운 세계로 이끌어 줄 수가 있다. 외디프스가 스핑크스의 수수께끼를 풀고 테베의 왕으로 등극한 것은 발견의 예에 해당되고, 외디프스가 살부와 근친상간의 장본인이 되어 머나먼 이역나라로 추방된 것은 급전의 예에 해당된다. 무지의 상태에서 앎의 상태, 즉, 발견의 주인공에게는 무한한 영광과 찬양이 바쳐지고, 앎의 상태에서 무지의 상태, 즉, 급전의 주인공이 된 자는 더없이 비참한 몰락과 차디찬 불명예가 주어진다.

'새것 콤플렉스'라는 말이 있다. 최초의 발견자, 최초의 발명자, 최초의 시인, 최초의 음악가, 최초의 사상가, 최초의 아버지이자 전인류의 스승 등은 이 세상을 창조하고 우리 인간들을 이끌어낸 사람들이며, 오늘도, 지금 이 순간에도 영원불멸의 삶을 살아간다. 요컨대 최초의 인간은 머나먼 미래로 날아가 수없이 죽었다가, 수없이 되살아난 영웅이며, 자기 스스로 발견하고 명명한 아름답고 멋진 신세계를 창출해낸 인간을 말한다. 새롭고 신선한 세계, 아름답고 멋진 세계, 수많은 독자들에게 무한한 감동과 충격을 줄 수 있는 세계 등은 매우 진부하고 상투적인 문구에 지나지 않지만, 그러나 그 말들만큼 영원한 생명력을 지닌 것도 없다. 즉, 발견과 급전의 창시자만이 새롭고 신선하며, 수많은 독자들에게 무한한 감동과 충격을 줄 수가 있는 것이다.

한명원 시인의 「아침」은 새롭고 신선하며, 작고 소박하지만, 무한한 감동을 준다고 할 수가 있다. 안개너머 새들이 해를 물고 와 수면에 떨어뜨리면 강이 아침 밥을 짓는다. 강물이 타는 냄새가 나고, 출렁임도 없이 김이 솟아오르면 송어들은 아가미로 냄새를 빨아들인다. 안개너머 새들은 해(불)를 물고 오는 태양신이 되고, 강물은 아침 밥을 짓는 생명의 여신이 된다. 강물이 타는 냄새는 아침밥의 냄새이며, 김이 모락모락 솟아오르면 송어들은 냄새를 아침 밥으로 먹고 반짝반짝 살이 오른다.

과연 어느 누가 새들이 해를 물고 와 수면에 떨어뜨린다고 표현을 한 적이 있었으며, 과연 어느 누가 강이 아침을 짓는다고 표현을 한 적이 있었던가? 과연 어느 누가 강물이 타는 냄새가 나고, 송어들이 아가미로 냄새를 빨아들이며 반짝반짝 살이 오른다고 표현을 한 적이 있었던가? 새로움은 새로움의 힘으로 새로운 사건과 풍경들을 연출해내고, 새와 강과 송어들에게 인간적인 품위를 부여하고, 그토록 아름답고 싱싱한 역할을 감당하게 한다. 한명원 시인의 「아침」은 새로운 소우주이며, 아름답고 멋진 풍경 속으로 우리들을 이끌고 간다.

더없이 아름답고 멋진 풍경과 무한한 감동이 아침 호수에 펼쳐진다.

오성인
기절낙지

얽힌 발을 지닌 물고기라 하여 옛말로 낙제어絡蹄漁라 불렸던 낙지는 수명이 고작 일년입니다만 그 힘 하나는 허벌나지요 매년 봄, 가을에 열리는 투우 대회를 앞두고 싸움소들 강변 모래밭에서 연신 무거운 수레 끌고 둘레가 한 아름 넘는 나무 밑 둥치 뿔로 치고 걸며 맹훈련하는데요 워낙 고된 나머지 다리 풀려 주저앉기 일쑤이지요 이때, 소의 입에 큼지막한 낙지 하나 넣어주면 생각도 못한 호강에 눈이 휘둥그레집니다 그러나 모든 낙지가 소를 일으켜 세우는 것은 아닙니다 낙지 중의 낙지는 바로 꽃낙지, 겨울잠에 들기 전 영양 비축 들어간 요맘때가 맛이 가장 솔찬하여 요로코롬 어여쁜 이름이 붙었다나요 그런데 뛰는 놈 위에 반드시 나는 놈 있다고 기절낙지란 놈은 그야말로 정점을 찍지요 낙지를 바구니에 담고 굵은 소금을 뿌려 사정없이 문지르면 글쎄 이놈이 더 이상 견뎌낼 재간이 없어 몽글몽글 거품을 내며 잠에 빠져드는 겁니다 사지가 절단나도 여간해서 아우성을 그치지 않는데 어찌 그리 새색시마냥 얌전해질 수 있는지 접시에 가지런히 누운 모습이 정돈된 드레스 같은데요 하여튼 이랬던 것이 삭힌 막걸리로 만든 초장에 들어가면 밤새 악몽에 시달리다 식은땀 흘리며 잠 깨듯 소스라치며 일어납니다 이러한 까닭에 눈으로 한 번, 그 맛에 두 번 놀란다고 하니 어떻습니까 쓰러진 소를 일으켜 세운다는 이야기가 결코 실없는 우스갯소리가 아닌 게지요 일찍이 칸트는 "정부가 학자의 일에 관여하려면 비판의 자유를 허용하라"고 역설한 바가 있다. 왜냐하면 비판은 모든 학문의 예비학이며, 비판 없이는 그 어떠한 사상과 이론도 정립할 수가 없기 때문이다. 오늘날 우리는 이 비판의 힘으로 종교의 가면과 권력의 가면을 벗겨냈고, 그야말로 눈부신 학문의 발전과 인간의 자유와 행복을 연출해냈다고 해도 과언이 아니다. 학연, 지연, 혈연, 상하의 신분과 계급장을 다 떼어버리고, 언제, 어느 때나 상호토론과 상호비판이 가능한 사회는 열린 사회이며, 저마다의 타고난 개성과 능력에 따라서 돈과 명예와 권력을 향유하지 않으면 안 된다. 최고급의 학자는 상승장군과도 같으며, 그의 승리는 가장 영양가가 풍부하고 맛 좋은 과일처럼 만인들의 공동의 승리가 되지 않으면 안 된다. 네 스스로 양심에 따라 행동하고, 그 모든 것을 어떠한 대가도 없이 전인류에게 헌납한 것이 도덕군자로서 칸트의 비판철학이라고 할 수가 있다.

오성인 시인의 걸작품 「기절낙지」를 읽으며, '쓰러진 소'가 아닌 전인류를 위해서 몸을 바친 세계적인 대사상가들을 생각해 보았다. 천하제일의 미모의 여성과 연애를 할 것인가? 오직 공부하고 글을 쓰며 학문의 즐거움을 향유할 것인가? 모든 사상가들은 니체처럼 매독에 걸려 죽는 한이 있다고 하더라도 학문의 즐거움을 선택했고, 그 결과, 오늘날의 문명과 문화는 눈부신 발전을 이룩해냈던 것이다.

학자는 싸움소들을 일으켜 세우는 '꽃낙지'이고, 수많은 지식과 지혜들을 창출해낸 낙제어絡蹄漁이며, "사지가 절단나도 여간해서 아우성을 그치지 않는" 기절낙지이다. 학자란 쇼펜하우어처럼 "현대인의 갈채를 단념"하면서까지도 "전인류를 위해 봉사할 책임"이 있다. 진정한 학자가 추구하는 것은 개인의 명예와 명성이 아니며, 그는 자기 자신의 불멸의 업적에 대해서도 집착하지를 않는다. 요컨대 학자는 수많은 박해와 곤궁과 음모에 의해서 소금 뿌려진 기절낙지이며, 그러나 그의 불멸의 업적에 의하여 문명과 문화의 횃불은 끊임없이 타오르고 있는 것이다.

우리 한국인들은 모두가 다같이 우리 한국어와 우리 한국인들을 위한 기절낙지가 되지 않으면 안 된다.

오성인 시인의 「기절낙지」는 전라도 가락의 '이야기 시'이며, 기절낙지의 설화를 아주 재미있고 구수한 입담으로 창출해낸 시라고 할 수가 있다.

학자가 비판을 하지 않는다는 것은 축구선수가 골을 못 넣고, 야구선수가 홈런을 못 치는 것과도 같다. 한국호는 더 이상 회생이 불가능할 정도로 썩었고, 표절과 뇌물과 부패의 바다로 침몰해간다.

25시. 더 이상 그 어떠한 구원의 손길도 없다.

박남희
양식*

예로부터 양식은 고통의 서사이다
역사는 양식 없는 사람들의 역사이고
예술은 양식의 부정에서 새로운 길을 찾았다

아내는 식탐이 있는 나를 전직남이라고 부른다
전쟁 직후에 태어난 남자
양식이 없어 삶의 양식을 모르던 시절
그때는 배고픔이 양식이었다

요즘은 서양식이 동양식이 되고
동양식이 서양식이 되는
퓨전이 양식화되어 전통위에 군림한다
그래서 양식은 늘 고통스럽다

세상의 모든 양식은 컴퓨터로 수렴되고

모든 새로운 양식이 컴퓨터에서 나온다
컴퓨터는 세상을 양식화하고
어느새 컴퓨터는 세상의 일용할 양식이 되었다

웹디자이너인 딸은 날마다 컴퓨터 속으로 출근한다
딸에게는 디자인이 양식이다
양식을 수정하고 양식과 대화를 한다
종종 양식에게 퇴짜를 맞기도 한다

아내는 날마다 부엌에서 양식을 양식화한다
아내는 가끔 양식으로부터 탈출하기 위해
외식을 외친다
외식하지 말라는 성경말씀도 모르는 모양이다

나는 참 양식도 없이
하루 세끼 삼식이가 되어 양식을 축낸다
그러다 아내가 새로운 언어로 양식화한 메굴남이 되
어
식탁 아래로 메추리알을 굴린다

예로부터 양식은 고통의 서사이다

* 양식 속에 침전되는 전통과의 대결 말고는 달리 고통을 위한 표현
  을 발견할 길이 예술에는 없다(아도르노, 호르크하이머, 『계몽의 변
  증법』).

📖

　박남희 시인의 「양식」은 대단히 지적이고 현학적인 '말놀이의 시'이며, 모든 전통을 부정하고 새로운 양식의 창출이라는 도전적인 과제를 역설한 시라고 할 수가 있다. 도전적인 과제는 새로운 양식의 창출이고, 새로운 양식의 창출은 모든 가치들을 전복시킨 사상의 혁명을 뜻한다. 예로부터 양식은 고통의 서사인데, 왜냐하면 모든 양식은 개인의 양심과 자유를 억제하고 노예적인 복종태도를 강요하기 때문이다. 그래서 "역사는 양식없는 사람들의 역사이고" "예술은 양식의 부정에서 새로운 길을 찾았던" 것이다. 기존의 양식은 경계를 짓고 그 영토를 확정하려고 하지만, 새로운 양식은 그 경계를 부셔버리고 좀더 멀리 새로운 신세계를 찾아 나선다. 전통과 전통의 싸움은 옛세대와 신세대 간의 피투성이의 싸움이 되고, 따라서 그 싸움의 주체자들에게는 '고통의 서사'가 될 수밖에 없었던 것이다.

만일, 그렇다면 양식이란 무엇이란 말인가? 양식이란,

1. 양식様式: 겉으로 드러나 있는 일정한 모양이나 형식.
2. 양식様式: 오랜 시간이 지나면서 자연스럽게 정해진 방식. 행동 양식.
3. 양식様式: 예술 작품이나 건축물에 나타나는 독특한 표현 양식.
4. 양식糧食: 사람이 생존하기 위하여 필요한 먹을거리. 개인이나 사회의 발달 또는 발전에서 양분이 되는 요소.
5. 양식養殖: 이용 가치가 높은 물고기나 해조, 버섯 따위를 인공적으로 길러서 번식하게 함.
6. 양식洋食: 서양 음식.
7. 양식良識: 도덕적으로 바른 판단력이나 식견.
8. 양식洋式: 서양에서 들어온 양식이나 격식.
9. 양식: '모이'의 방언.

의 예에서처럼, 대단히 그 뜻이 깊고도 넓다고 하지 않을 수가 없다. 박남희 시인의 「양식」은 말놀이의 시이며, 양식의 경연장인 동시에, 양식으로 밥을 먹고, 양식으로 행동하고, 양식으로 가치판단을 하고, 양식으로 양식과의 싸움을 하며, 새로운 양식을 찾아 헤매다가 그 양식 속에서 죽어가는 현대인의 삶을 노래한 시라고 할 수가 있다. "예로부터 양식은 고통의 서사이다"라고 할 때의 양식은 "겉으로 드러나 있는 일정한 모양이나 형식", 또는 "오랜 시간이 지나면서 자연스럽게 정해진" 양식樣式을 뜻하고, "역사는 양식 없는 사람들의 역사이고" 할 때의 양식은 "도덕적으로 바른 판단력이나 식견"을 뜻하는 양식良識을 뜻한다. "예술은 양식의 부정에서 새로운 길을 찾았다"의 양식은 전통적인 양식樣式을 뜻하고, "양식이 없어 삶의 양식을 모르던 시절"의 앞의 양식은 먹을거리의 양식糧食을, 뒤의 양식은 전통적인 양식樣式과 도덕적인 양식良識을 뜻한다. "그때는 배고픔이 양식이었다"는 것은 굶기를 밥 먹듯이 했다는 것을 뜻하고, 그래서 나는 "식탐이 있는" "전직남"이 될 수밖에 없었던 것이다.

요즈음은 서양식이 동양식이 되고 동양식이 서양식이 되며, 퓨전이 양식화되어 전통 위에 군림한다. 비행기와 자동차와 기차와 배 등의 교통수단과 컴퓨터와 스마트폰과 인공위성과 사물인터넷과 빅데이터 등의 통신수단의 발달은 동양과 서양의 양식의 차이를 무너뜨렸고, 모든 것을 뒤섞고 혼합시켜 버렸다. 퓨전문화는 순수성이 사라진 잡종문화인데, 왜냐하면 사이다와 주스도 아닌 음료수, 유전공학과 사이버네틱스에 의한 인간과 동물, 인간과 기계의 잡종, 금융백화점, 좌파도 우파도 아닌 제3의 길이 너무나도 다양하게 중층적으로 겹쳐져 있기 때문이다. "세상의 모든 양식은 컴퓨터로 수렴되고/ 모든 새로운 양식이 컴퓨터에서 나온다/ 컴퓨터는 세상을 양식화하고/ 어느새 컴퓨터는 세상의 일용할 양식이 되었다." 웹디자이너인 딸아이는 "날마다 컴퓨터 속으로 출근"하고, 딸아이에게는 "디자인이 양식"이 되었다. 딸아이는 "양식을 수정하고 양식과 대화를" 하며, "종종 양식에게 퇴짜를 맞기도 한다." "아내는 날마다 부엌에서 양식을 양식화"하고, "아내는 가끔 양식으로부터 탈출하기 위해" "외식外食을" 외치지만, 나는 아내에게 "외식하지 말라(간음하지 말라)는 성경말씀도 모르는 모양이다"라고, 입속말로 비아냥 댄다.

"나는 참 양식도 없이/ 하루 세끼 삼식이가 되어 양

식을 축낸다." 참 양식도 없이는 도덕적으로 바른 판단이나 식견, 그리고 변변찮은 밥벌이의 수단이 내포된 퓨전언어라고 할 수가 있다. 하루 세 끼 양식이나 축내는 '삼식이' 주제에, 가끔은 식탁 아래로 메추리알이나 굴리는 메굴남이 되어 아내의 빈축을 사게 된다. 외식을 선호하는 아내와 메굴남의 남편, 그리고 웹디자이너인 딸이 한 가족이 되어 '고통의 서사'를 엮어가는 박남희 시인의 「양식」은 퓨전양식이며, 쓰디쓴 웃음과 함께, 그만큼 고통스럽게 다가온다.

퓨전양식―, 잡종양식이 아닌 새로운 양식, 인간이 인간을 사랑하고 그 사랑의 노래를 부를 수 있는 순수 서정시의 시대는 이제 도대체 불가능하단 말인가? 아니, 아니, 박남희 시인의 탄식대로 "예로부터 양식은 고통의 서사"이었단 말인가?

일찍이 불세출의 대형비평가(?) 김현이 연출해낸 '문지그룹'은 대한민국 최고의 엘리트 집단이었으며, 최인훈, 이청준, 홍성원, 김원일, 조세희, 복거일, 이인성, 최수철, 김병익, 김치수, 김주연, 오생근, 정현종, 황동규, 이성복, 황지우, 정과리, 성민엽, 홍정선, 권오룡 등은 그 이름 자체만으로도 한국문학의 대표주자들이라고 할 수가 있었다.

하지만, 그러나 김현이 너무나도 때 이른 나이에 타계를 했고, 이제는 '문지그룹'이나 '엘리트 집단'이라는 말이 무색할 만큼 쇠퇴와 몰락의 길을 걸어가고 있을 뿐이다. 첫 번째는 김현이라는 '불세출의 대형비평가'를 너무나도 때 이르게 잃어버린 것이고, 두 번째 김현 유산의 상속자들인 정과리, 성민엽, 홍정선, 권오룡, 이인성 등이 문지의 명예와 명성을 등 뒤에 업고 신경숙, 한강 등의 최고의 작가들을 내쫓은 결과, 경제자본을 축적하지 못한 것이고, 마지막으로 세 번째는 이것이 가장 중요한데, 정과리, 성민엽, 홍정선, 권오룡, 이인성 등이 한국문학의 이론과 사상의 정립을 위해 목숨을 걸지 않고, 권성우, 김정란, 진중권, 이명원, 홍기돈 등의 무차별적인 '문화권력 비판'에 그 어떠한 대응도 하지 못한 채 KO패를 당해버린 것이다.

김현, 김병익, 김주연, 김치수, 오생근 등도 그렇지만, 소위 서울대 출신의 교수들인 정과리, 성민엽, 홍정선, 권오룡, 이인성 등은 역사 철학적인 공부가 제대로 안된 얼치기 학자들에 불과했고, 바로 그렇기 때문에, 사상과 이론이 무엇인지도 알 수가 없었던 것이다. 만일, 그들이 사상과 이론의 중요성을 알고 사상과 이론을 정립하기 위해 단 하나뿐인 목숨을 걸었다면, 권성우, 김정란, 진중권, 이명원, 홍기돈 등의 '문화권력 비판'에 그처럼 손쉽게 KO패를 당하지는 않았을 것이다. 요컨대, 우리 '문지의 문화권력'은 '우리 한국문학'과 '우리 한국인들의 영광'에 기초해 있으며, 우리는 소크라테스, 플라톤, 데카르트, 칸트, 마르크스, 니체, 쇼펜하우어 등과도 같은 전인류의 스승이 되기위해 태어났다라고 선언을 하고 글을 썼더라면 한국문학은 오늘날처럼 쇠퇴와 몰락의 길을 걸어가지는 않았을 것이다.

사상과 이론의 정립은 '명예와 생명은 하나다'라는 신념으로 자기 자신의 목숨을 걸지 않으면 안 되는 것이며, 먹고 잠 자는 시간을 빼고는 하루에 열두 시간씩, 열네 시간씩 공부를 하지 않으면 안 되는 난공불락의 요새와도 같은 것이다. 사상과 이론을 정립한다는 것은 '주입식 암기교육'을 뿌리뽑고 '독서중심의 글쓰기 교육'을 시작한다는 것을 뜻하고, 독서중심의 글쓰기 교육을 시작한다는 것은 전인류의 고전을 읽고 그

고전의 저자들을 뛰어넘는다는 것을 뜻한다. 하루바삐 서양의 사상과 이론에만 의존하는 '제3세계의 문화적 풍토병'을 뿌리 뽑아야 하고, '장유유서長幼有序의 예법' 아래 '비평하기보다는 기꺼이 찬양'하는 '비평의 만장일치제도'를 뿌리 뽑아야 한다. 전국민이 기초생활질서를 확립하여 '적은 법률과 적은 규제'로 서로가 서로를 믿고 신뢰하는 사회를 만들어야 하고, 표절과 뇌물과 부정부패를 가장 확실하게 뿌리뽑고 주한미군을 몰아내고 민족통일을 이룩해내지 않으면 안 된다.

소위 문지그룹은 서울대 출신의 엘리트 집단이었던 만큼 우리 한국인들을 사상가와 예술가의 민족, 즉, 고급문화인으로 인도했어야 했고, 그 미래의 목표와 절차탁마의 사상가의 정신을 보여주어야만 했던 것이다.

오오, 내 사랑 문지여!!

정과리, 성민엽, 홍정선, 권오룡, 이인성—, 이 바보만도 못한 얼치기 학자들이여!!

이 세상의 모든 지식인들에게 사상이란 최고의 목적이며, 그 모든 것이다. 세상의 모든 것이 변하고 이 세계의 종말이 온다고 하더라도 자기 자신과 자기 자신의 사상만

은 영원하기를 바라는 것은 모든 지식인들의 한결같은 꿈
이다. 사상은 새로운 세계의 개진이며, 행복에의 약속이
다. 사상은 그 어떤 것보다도 고귀한 명예이며, 삶의 완
성이며, 보다 완전한 인간의 표지이다. 우리는 그 사상가
의 신전 앞에서 언제, 어느 때나 시를 짓고, 노래를 부르
며, 찬양과 찬송을 하게 된다. 또한 우리는 그 신전 앞에
서, 우리 인간들의 존엄성을 바치고, 가장 좋은 예물을 바
치고, 하늘을 우러러 보며, 항상 자기 자신을 갈고 닦으면
서, 그 사상의 위업을 이어나갈 것을 맹세를 하게 된다.

　― 반경환, 『행복의 깊이 1』에서

　어떤 사물과 사건에 대한 최초의 이해를 담지하고 있
는 개념, 어떤 사물과 사건들을 가장 정교하고 세련되
게 설명하고 있는 이론, 수많은 이론들과 이론들을 종
합하여 그것을 거대한 사유체계로 완성한 사상―. 모
든 지식인들의 목표는 최초의 언어(개념)로 다양한 이
론들을 정립하고 그 이론들을 자기 자신만의 사상으로
완성하는 것이라고 할 수가 있다. 언어는 단순한 의사
소통의 도구가 아니라 다양한 천연자원과도 같으며,
따라서 우리 인간들은 이 언어들을 가공하여 다양한 상

품과 물건들을 생산해낸다. 언어는 금은보화가 될 수도 있고, 언어는 철광석과 우라늄이 될 수도 있다. 언어는 사랑과 자유가 될 수도 있고, 언어는 석유와 천연가스가 될 수도 있다. 인간의 삶의 양식을 결정짓는 것은 언어이며, 어떠한 언어를 사용하느냐에 따라서, 그의 모든 것이 결정된다. 언어는 총알이 될 수도 있고, 이론은 대포가 될 수도 있고, 사상은 원자폭탄이 될 수도 있다. 최초의 언어로 총알을 만들고, 이론으로 전략과 전술을 가다듬고, 사상으로 새로운 세계와 새로운 우주를 창출해낸다.

소크라테스는 '너 자신을 알라'라는 이론으로 무장을 하고 그의 이상국가를 창출해냈고, 데카르트는 '나는 생각한다, 고로 존재한다'라는 이론으로 무장을 하고, 인간의 자기 발견을 이룩해냈다. 임마뉴엘 칸트는 '자기 스스로의 입법원리'로 도덕왕국을 창출해냈고, 니체는 '나는 너희에게 초인超人을 가르친다. 인간은 초극되어야만 할 그 무엇이다'라는 이론으로 비극철학자의 이상형을 창출해냈다. 마르크스는 '유물사관'과 '역사의 발전법칙'을 통하여 공산주의 사상을 창출해냈고, 반경환은 '나는 생각한다, 고로 존재한다'라는 명제로 낙천주의 사상을 창출해냈다.

주입식 암기교육을 받으면 표절을 선호하는 백치가 되고, 독서중심 글쓰기 교육을 받으면 사상과 이론을 정립하는 전인류의 스승이 된다. 달달달 외우는 주입식 암기교육을 받으면 표절을 선호하게 되고, 표절을 선호하게 되면 오직 자기 자신의 이익을 위하여 뇌물밥과 부패밥을 좋아하게 된다. 백치들은 조국애와 인간애를 모르는 돌대가리들이며, 선과 악, 도덕과 부도덕을 모르는 인간 이하의 최하천민들(이민족의 노예들)일 수밖에 없다. 책(고전)을 읽고, 또 읽으며, 글을 쓰는 독서중심의 글쓰기 교육을 받으면 사상과 이론을 선호하게 되고, 사상과 이론을 선호하게 되면 자기 자신의 이익보다는 전인류의 행복을 위하여 모든 백치들을 대청소하는 전인류의 스승이 된다.

자연철학, 신의 철학, 인간의 철학, 고전주의, 낭만주의, 현실주의, 초현실주의, 공산주의, 구조주의, 낙천주의 등도 전인류의 스승들이 연출해낸 것이며, 스마트폰 세상, 인터넷 세상, 인공지능 세상 등도 전인류의 스승들이 창출해낸 것이다.

아아, 이 대한민국에는 언제, 어느 시절에 진시황이나 알렉산더, 또는 나폴레옹이나 마르크스 같은 전인류의 스승들이 나타나 '분서갱유의 혁명'을 연출해낼 수가 있을 것이란 말인가?

박방희

함께라면

세상에서

가장 맛있는
라면은

너와 나

우리
함께라면.

박방희 시인의 「함께라면」은 그의 걸작품이고, 약속이며, 모든 '심술의 때'를 다 벗어버리고 행복한 삶을 살 수 있는 이상낙원이라고 할 수가 있다. 우리 한국인들이 가장 즐겨 먹고 부식이나 간식이 아닌 주식과도 같은 라면, 이 라면의 이름에다가 민심民心과 국력國力을 결집시킬 수 있는 집단명사, 즉, '함께라면'을 명명한 그의 솜씨는 천하제일의 명명의 힘이라고 할 수가 있다. 문체를 보면 그가 제일급인지 아닌지를 알 수가 있고, 명명의 힘을 보면 그가 전인류의 스승인지 아닌지를 알 수가 있다. 모든 시인들은 명명의 대가이자 자기 자신의 이름으로 사상의 신전을 짓고, '말의 향연'을 연출해낸 전인류의 스승일 수밖에 없다.

　이 세상에서 가장 맛있는 라면은 「함께라면」이고, 너와 나, 우리 모두가 다같이 행복하게 살 수 있는 이상적인 낙원도 「함께라면」이다. 마르크스와 소크라테스와 데카르트와 랭보가 살다가 갔던 곳도 「함께라면」이고, 공자와 맹자와 노자와 장자가 살다가 갔던 곳도 「함께라면」이고, 한용운과 김수영과 이성복과 이상 등이 살고 있거나 살다가 갔던 곳도 「함께라면」이다. 천국, 극락, 에덴동산, 도솔천, 올림프스, 아틀란타 등도 「함께라면」의 영토이고, 「함께라면」은 영원한 하나이며, 그 모든 것이 다 갖추어진 이상낙원이라고 할 수가 있다.

사시사철 꽃이 피고, 사시사철 벌과 나비들이 날아오고, 모든 식물들이 저절로 자라나고 저절로 열매를 맺는다. 언제, 어느 때나 젖과 꿀이 흐르고, 일을 해도 되고 일을 하지 않아도 된다. 너와 내가 다툴 일도 없고, 언제, 어느 때나 시를 짓고 사랑의 노래를 부를 수도 있다.

'함께라면' '허공도 짚을 게 있다.'

시인이란 '저녁노을을 고추장 삼아 맨밥을 비벼먹는' 사람이고, '강은 저문 걸음으로도 천리를 간다.'

잠언과 경구. 「걸작」, 「함께라면」.

박방희 시인은 언제, 어느 때나 '말의 향연'을 연출해내는 시인이며, 영원한 제국의 창조주이다.

채의정

초록지문

가시에 찔린 채 핏빛이 결로 앉아 있는
초록 지문,
한번쯤 본 듯한 작은 몸으로
옹이의 구멍을 넘나들은
자벌레 같은 지문,
쇠를 두드리는 망치의 메아리가
손바닥에 길을 내며 점점 불어나
아버지의 잘린 검지에 가 붙는다
꽃물같이 멍든 손을
흔들리지 말라고 잡아주면
풀냄새로 일렁이는
아버지의 초록지문.

채의정 시인의 「초록지문」은 '아버지의 역사'이며, 아버지의 삶이 초록지문으로 기록되어 있는 것이다. "가시에 찔린 채 핏빛이 결로 앉아 있는/ 초록 지문/ 한 번쯤 본 듯한 작은 몸으로/ 옹이의 구멍을 넘나들은/ 자벌레 같은 지문," "쇠를 두드리는 망치의 메아리가/ 손바닥에 길을 내며" "아버지의 잘린 검지에 가 붙는" 지문, "꽃물같이 멍든 손을/ 흔들리지 말라고 잡아주면/ 풀냄새로 일렁이는/ 아버지의 초록지문" ―. 초록지문은 가시에 찔린 핏빛 멍이 되고, 가시에 찔린 핏빛 멍은 자벌레의 지문이 된다. 자벌레의 지문은 망치의 소리가 되고, 망치의 소리는 아버지의 잘린 검지가 된다. 아버지의 잘린 검지는 꽃물같이 멍든 손이 되고, 꽃물같이 멍든 손은 풀냄새로 일렁이는 아버지의 초록지문이 된다.

하지만, 그러나 「초록지문」의 아버지는 '아버지 중

의 아버지'이며, 채의정 시인의 '아버지 찬양'은 그 모든 신음과 역경을 다 잠 재우고, 더없이 경쾌하고 신성하며, 그토록 새롭고 싱그러운 운율을 가능하게 한다. 인간은 태어날 때부터 노래(울음)를 부르고, 시쓰기를 원한다. 왜냐하면 시는 삶의 근본동력이자 이 세상에 대한 끊임없는 찬가이기 때문이다. 아버지의 근면 성실함에 대한 존경이 아버지의 잘린 검지에 대한 안타까움보다는 "쇠를 두드리는 망치의 메아리" 소리를 가능하게 했던 것이고, 또한, 아버지의 근면 성실함에 대한 존경이 "꽃물같이 멍든 손을/ 흔들리지 말라고 잡아주면/ 풀냄새로 일렁이는/ 아버지의 초록 지문"이라는 대단히 아름답고 뛰어난 시구를 가능하게 했던 것이다. 노동의 고단함에서 노동의 생산성이 자라나고, 노동의 생산성에서 노동의 신성함이 자라난다. 노동은 핏빛 멍이고, 노동은 자벌레의 초록지문이고, 노동은 쇠망치의 소리이고, 노동은 풀냄새로 일렁이는 향일성向日性이다.

사는 것은 노동을 하는 것이고, 노동을 하는 것은 상처를 입는 것이다. 상처를 입는 것은 시(노래)를 쓰는 것이고, 시를 쓰는 것은 이 세상의 삶을 찬양하는 것이다.

초록지문은 상징이고 은유이며, 상징과 은유는 모든 천재적인 힘의 보증수표이다. 채의정 시인은 상징과 은유를 통해서 아버지의 역사를 기록하고, 이 세상의 삶을 끊임없이 미화하고 찬양해 나간다. 시란 인간의 삶이자 인간의 행복이다. 이 세상에서 가장 행복한 삶은 일을 하고 시를 쓰며—노래를 부르며—이 세상의 삶을 끊임없이 미화하고 찬양하는 것이다.

인간은 태어날부터 노래를 부르고 시쓰기를 원하다. 인류의 역사는 시의 역사이며, 만일, 시가 없었다면 인류의 역사는 시작되지도 않았을 것이다.

박형준
눈망울

자전거도로 한복판 중앙선에
참새 한 마리 앉아 있다
바퀴에 날개 한쪽이 잘려서
날지도 못한 채 꼼짝 않고 앉아 있다
노란 중앙선엔
자전거도 넘나들지 못한다는 것을 아는지
몸을 떨며 앉아 있다
지나가는 소년 하나가
속도에만 관심있는 자전거와
운동하는 사람들 사이로
손을 들고 나와 산책로의 속도를 잠시 늦춘다
중앙선으로 다가가 참새를 손바닥에 올려놓고
길가로 돌아와 풀숲에 내려놓는다
손바닥에 앉아
소년을 올려다보던 참새의 눈망울

손바닥의 참새를 내려다보던 소년의 눈망울

그 짧고 느린 시간 동안

산책로의 무표정한 속도들 사이로

섬 소리가 들리며 흘러가고 있다

어느 날 한 소년이 아름다운 새소리를 듣고 그 새를 사로잡아 가지고 집으로 돌아왔다고 한다. 소년은 아름다운 새에게 먹이를 주자고 아버지에게 간청을 했지만, 소년의 아버지는 새 따위에게 먹이를 줄 수 없다고 새를 죽여버렸다고 한다. 이 피그미족의 전설에 의하면 아버지가 새를 죽임으로써 새의 노래를 죽이고, 새의 노래를 죽임으로써 자기 자신, 즉, 인간을 죽인다는 메시지를 전해준다고 세계적인 신화학자인 조셉 켐벨은 그의 『신화의 힘』에서 역설한 바가 있다.

만물은 하나이며, 모든 만물은 생물학적(물리학적)으로 우주의 한 가족이다. 황새와 참새도 한 가족이고, 늑대와 양도 한 가족이다. 사슴과 사자도 한 가족이고, 나무와 풀도 한 가족이다. 이러한 자연의 이치를 생각해볼 때마다 생명이 생명을 먹는 것처럼 안타깝고 슬픈 일도 없다. 하지만, 그러나 자연은 먹이사슬에 의

하여 종의 균형을 이루고 있기 때문에 최소한의 살생에 그치고, 그 희생물에 대한 감사함과 고마움을 표시하지 않으면 안 된다. 이러한 사실이 원죄의식이 되고, 이 원죄의식에 의하여 함부로 '살생을 하지 말라'라는 모든 종교적 계율이 탄생하게 된 것이다.

인간은 본디 악질적인 동물이며, 인간은 결코 동물처럼 행복하게 살지 못한다는 말도 있다. 탐욕이 '만악의 근원'이라는 말을 너무나도 잘 알고 있으면서도 만물의 영장이라는 오만방자함으로 함부로 살생을 하고, 순간에 살고 순간에 만족하며, 더없이 아름답고 풍요롭게 사는 동물들의 행복에 반하여, 끊임없이 축재와 탐욕을 가중시켜 나감으로써 더욱더 가난하게 사는 우리 인간들의 삶이 바로 그것을 증명해준다. 새의 죽음은 인간의 죽음으로 이어지고, 자연의 파괴는 세계의 파괴로 이어지며, 오늘날의 지구촌의 위기는 우리 인간들의 탐욕에 의한 것임은 어느 누구도 부인할 수가 없을 것이다.

박형준 시인의 「눈망울」은 참으로 안타깝고 슬픈 시이며, 생존의 벼랑끝에서 구원을 바라는 참새와 더 이상 구원의 손길을 던져줄 수 없는 소년의 안타까움이 겹쳐져 있다고 할 수가 있다. 참새의 눈망울은 더없이 고통스럽고 슬픈 눈망울이며, 소년의 눈망울은 참새를 구원해줄 수 없는 더없이 안타깝고 슬픈 눈망울이다. 인간의 편리함과 행복을 위해 자연을 파괴한 문명의 속도와 본래 자연 그대로의 삶을 살던 참새의 속도가 부딪치자 참새가 너무나도 속절없이 비명횡사를 하게 된 것이다. "손바닥에 앉아/ 소년을 올려다보던 참새의 눈망울"과 "손바닥의 참새를 내려다보던 소년의 눈망울" 따위는 모두들 관심이 없지만, 그러나 그것은 인간과 새와 자연의 공멸로 이어지게 되어 있는 것이다.

소년을 올려다 보는 참새도 울고 있고, 참새를 내려다 보는 소년도 울고 있고, 이러한 사실을 시로 쓰고 있는 박형준 시인도 울고 있다. 문명의 속도는 파괴의 속도이며, 이 파괴의 속도는 만물의 공존은커녕, 자기 자신과 모든 생명체들을 파괴하는 공멸의 속도라고 할 수가 있다.

문명의 속도의 기원은 탐욕이며, 승자독식구조는 모든 인간들을 고립된 개인(섬)으로 만든다.

인간은 이미 죽었다. 문명과 문화라는 죽음의 급행열차를 타고—.

자연의 세계에서는 선악이란 없다. 선은 어디에서 비롯되었고, 악은 어디에서 비롯되었는가? 그것은 두 말할 것도 없이 우리 인간들의 탐욕으로부터 비롯된 것이다. 인간의 탐욕은 '생명이 생명을 먹는다'는 먹이사슬의 균형을 파괴하고, 영원불멸의 승자독식구조를 상정함으로써 인간중심주의라는 오만방자함의 극치를 산출해냈다. 인간에게 좋은 것은 선이고, 인간에게 나쁜 것은 악이다라는 '선악의 가치기준표'는 그래서 탄생하게 되었던 것이고, 이 선악의 가치기준표는 인간이 인간에게 늑대가 되는 가치기준표—나에게 좋은 것은 선이고 너에게 좋은 것은 악이다—를 산출해냄으로써 인간성 자체를 파괴하게 되었던 것이다. 모든 것이 가능한 이 세계가 최선의 세계가 아니라 더 이상 인간의 탐욕을 수용할 수 없는 이 세계는 최악의 세계가 된 것이다. 초원에는 사자와 사슴이 없고, 울창한 산림 속에는 토끼와 호랑이와 새들이 없다. 푸르디 푸른 들판에는 유전자 조작의 곡물들만이 자라나고, 현대문명의 상징인 거대도시에는 인간이라는 괴물들만이 산다. 공포와 불안, 공해와 미세먼지, 물의 부족과 불볕더위, 사스와 코로나와도 같은 무섭고 무서운 전염병, 속도

와 속도의 상징인 인공지능과 컴퓨터와 인터넷과 드론
과 스마트폰과 대륙간 탄도미사일과 원자폭탄 등—.
인간의 미래는 의심할 여지없이 결정되어 있다.

참새의 눈망울과 어린 소년의 눈망울이 참으로 슬
프다.

최연희
날개

저 침묵하듯 보이는 뻘밑

얼마나 많은 생명이 꿈틀거리고 있을까

잠길 때와 활동할 때를 아는 지혜로움 배우고 싶다

더 멀리 더 높게

그보다 중요한 것은 '지혜롭게'라는 걸

늙어가며 배운다는데

나는 좋은 학생이 아닌가보다

그래도 나는 날고 싶다

더 높게

더 멀리

훨훨 날아보고 싶다

학자는 학문 연구에 자기 자신의 목숨을 바친 사람이며, 그 결과, 자기 자신만의 사상과 이론을 정립하지 않으면 안 된다. 학자는 자기 자신의 사상과 이론을 통하여 그의 제자들을 가르치고, 그의 제자들로 하여금 모든 분야의 제일급의 실천철학자가 되도록 하지 않으면 안 된다. 학자의 임무는 첫째 사상과 이론을 정립하는 것이고, 둘째는 그의 제자들을 길러내는 것이고, 셋째는 그의 제자들로 하여금 사상과 이론을 일상생활의 현장에서 실천하도록 하는 것이다. 학자는 전인류의 스승이 되지 않으면 안 되며, 그의 사상과 이론은 한 국가의 국민과 전체 인류의 행복을 위한 것이지 않으면 안 된다.

　모든 학문은 행복론이며, 어떻게 하면 자기 자신과 그가 소속한 국민과 전인류가 모두가 다같이 행복하게 살 수 있는가를 연구하고, 그 결과를 산출해낸 것이 학문이라고 할 수가 있다. 플라톤의 국가론, 데카르트의 성찰, 칸트의 비판철학, 헤겔의 정신현상학, 마르크스의 자본론 등과도 같은 저서들이 그것이며, 우리 인간들은 이러한 전인류의 스승들의 가르침에 따라서 매우 어렵고 힘들더라도 더 이상 좌절하지 않고 자기 자신의 행복과 인류의 행복을 연주해나가고 있는 것이다. 사상과 이론은 이상적인 인간과 이상적인 사회의 길이며, 우리가 이처럼 자연의 재앙과 온갖 전쟁과 질병들에 의한 공포를 극복하며 살 수 있는 것은 두말할 것도 없이 사상과 이론이 있기 때문이다. 사상가와 이론가는 진정한 학자이며 전인류의 스승이고, 그 어떤 전제군주와 세계 제일의 부자도 이 학자 앞에 무릎을 꿇고 경의를 표하지 않을 자가 없다. 정치권력이든, 경제권력이든, 문화권력이든, 권력은 유한하지만, 사상과 이론은 영원하다. 사상가는 '지혜싸움의 대투쟁', 즉, '최고급의 인식의 전쟁'을 주재하는 천하무적의 명장이며, 사상가만이 위대하고, 또 위대하다.

우리 한국인들이 자연의 이치를 정면으로 거스른 만행 중의 하나는 서해안 간척사업이며, 그 결과, 무한한 생명의 보고인 갯벌을 메워버린 것이라고 할 수가 있다. 서해안 간척사업은 농토확장이 아니라 너무나도 확실한 천연자원과 자연의 파괴에 지나지 않았던 것이다. 단 한 번의 결정적인 실수는 두 번 다시 되돌릴 수 없는 것처럼, 후회는 깊고 그 손해는 너무나도 엄청나게 컸던 것이다.

지혜는 서해안의 뻘밭과도 같다. 다만, 아무런 쓸모도 없는 뻘밭 같아 보이지만, 이 뻘밭에는 수많은 조개와 뻘게와 낙지와 갯지렁이와 물고기들이 이 뻘밭에서 먹이활동을 하며, 수많은 철새와 인간들을 먹여 살리고 있는 것이다. 지혜는 그 자체로 돈도 아니고 식량도 아니지만, 그러나 이 지혜는 우리 인간들이 살아 숨쉬는 뻘밭과도 같다. "잠길 때와 활동할 때를 아는 지혜로움", "더 멀리 더 높게" 날아갈 수 있게 해주는 지혜로움, 비록, 육체적으로 늙어가지만, 영원한 청춘의 삶을 살게 해주는 지혜로움—. 우리는 이 '지혜싸움의 대투쟁'에서 날개를 얻고 머나먼 우주여행을 자유자재로 할 수 있게 된 것이다.

학문 연구, 즉, 공부를 한다는 것은 자기 자신을 높이 높이 끌어올리는 것이며, 지혜의 날개를 얻기 위해서는 단 하나뿐인 목숨을 걸지 않으면 안 된다.

이 세상에서 가장 **빠른** 새는 지혜라는 「날개」를 가진 새이며, 최연희 시인은 빛보다 더 **빠른** 속도로 오늘도, 지금 이 순간에도 시간여행을 떠난다.

우리는 지혜의 날개를 달고 더욱더 젊게 살지 않으면 안 된다.

오오, 언제, 어느 때나 노년을 모르는 지혜여!!

정채원

모래 전야, 야전

까마귀가 파먹은 거북의 눈구멍
사이로 해가 지고 있다
가장 연한 부분이 가장 먼저
파먹힌다는데

후손을 남기기 위해
목숨 걸고 떼 지어 이동하는 홍게처럼
시간은 다리가 모자란다

백신이 없는 도시를 가시로 품고 있는
회오리 선인장은 울퉁불퉁 풍만하고

어미치타가 새끼에게
이미 죽은 먹이로
목을 조르는 연습을 시키는 동안

우리는 서로 리모컨을 차지하려고

털끝 하나 다치지 않게 세상을 제압하려고
품격의 무도를 배우던 사람들
공중 발차기를 하려던 사람들

나방은 경전 한 페이지에
날개가 끼여 말라죽었다
금빛 몸가루가 묻어 있는 곳
어디까지가 안이고 어디가 밖인지
알 수 없다

무엇이 진리이고 무엇이 허위인가? 무엇이 원인이고 무엇이 결과인가? 무엇이 질서이고 무엇이 혼돈인가? 무엇이 선이고 무엇이 악인가? 회의주의자들에 주장에 의하면 진리와 허위, 원인과 결과, 질서와 혼돈, 선과 악을 규정하는 것은 자의적인 편견과 독단론에 지나지 않으며, 우리가 무엇을 무엇이라고 말하는 것 자체가 하나의 맹신에 지나지 않는다. 손오공이 부처님의 손바닥에서 놀아나고 있듯이, 자연과학자들이나 철학자들의 박학다식함도 자연의 이치를 전혀 이해하지 못하는 어리석음에 지나지 않는다. 우주는, 자연은 인간의 지식으로는 알 수 없는 신비이며, 이 신비에 대한 절망감 때문에 회의주의가 그 정당성을 얻고 있는 것인지도 모른다.

정채원 시인의 「모래 전야, 야전」은 안과 밖을 구분할 수 없는 현상을 '모래 전야, 야전'이라고 명명하고,

회의주의를 노래한 시라고 할 수가 있다. 까마귀가 파먹은 거북의 눈구멍 사이로 해가 지고, "후손을 남기기 위해/ 목숨 걸고 떼 지어 이동하는 홍게처럼/ 시간은 다리가 모자란다." 가장 연한 부분이 가장 먼저 파먹히고, 생존경쟁에서 패배를 하면 후손을 남기기가 어려워진다. "백신이 없는 도시를 가시로 품고 있는/ 회오리 선인장은 울퉁불퉁 풍만하고", 까마귀, 거북, 홍게, 회오리선인장은 무차별적인 생존경쟁의 장에서 사생결단식의 투쟁을 벌여야 한다.

어미 치타도 새끼에게 이미 죽은 먹이로 목을 조르는 연습을 시키고, 이 자연의 '다큐'를 보면서도 우리는 서로 리모컨을 차지하려고 다툰다. 리모컨은 왕권신수설王權神授說과도 같은 천자의 징표가 되고, 이 리모컨을 쥐고 있으면 "털끝 하나 다치지 않게 세상을 제압"하게 된다. 그는 고품격의 무도를 배우던 사람들과 공중 발차기를 하던 사람들도 다 제압하고, 이 세상과 온천하를 제멋대로 손질을 하게 된다.

하지만, 그러나 고품격의 무도를 배우고, 공중 발차기를 하고, 이 세상과 온천하를 다 제압했다는 것이 도대체 무슨 의미가 있단 말인가? "나방은 경전 한 페이지에/ 날개가 끼여 말라"죽었고, 그 "금빛 몸가루가 묻어 있는 곳"은 "어디까지가 안이고 어디가 밖인지/ 알수가 없다." 천자는 나방이 되고, 나방은 금빛 몸가루가 되고, 천자는 흔적도 없이 사라지고 말았다. 천자가 붉디 붉은 피로 쓰고, 천자의 후학들이 천자를 그토록 찬양한 경전에는 나방이 말라 죽어있고, 그 천자 역시도 금빛 몸가루, 즉, 모래 야전의 모래처럼 흔적도 없이 사라지고 말았던 것이다.

모든 진리는 허위이며, 모든 현상은 하나의 신기루이고 허상에 지나지 않는다. 누가 천자이고, 누가 나방이란 말인가? 누가 까마귀이고, 누가 거북이란 말인가? 모래와 모래 사이에서 어디가 안이고, 어디가 밖이란 말인가? 무엇이 승리이고, 무엇이 패배이란 말인가? 진리와 허위도 뒤섞여 있고, 원인과 결과도 뒤섞여 있다. 질서와 혼돈도 뒤섞여 있고, 선과 악도 뒤섞여 있다. 누가 먹히는 자이고, 누가 먹는 자인가?

만일, 그렇다면, 정채원 시인의 「모래 전야, 야전」은 무엇을 지시하며, 무엇을 의미하고 있는가? 모래란 암석이나 광물들의 파편 부스러기들이며, 이 모래의 군집형태는 불모지대의 사막을 뜻한다. 모래는 파편 부스러기들이고 불모지대의 사막이지만, 야전은 시가지와 요새가 아닌 산이나 들에서의 싸움을 뜻한다. 모래 전야란 모래사막에서의 싸움이 있기 전날을 뜻하고, 이 싸움은 실제의 모래사막에서의 싸움이 아니라, '만인 대 만인의 싸움'인 생존경쟁에서의 싸움을 뜻한다.

이 세상의 삶은 흙(모래)에서 왔다가 흙으로 돌아가는 것이다. 이 세상의 삶은 빈손으로 왔다가 빈손으로 돌아가는 것이다. 하지만, 그러나 흙에서 왔다가 흙으로 돌아가는 것과 빈손으로 왔다가 빈손으로 돌아가는 과정 속에 삶의 의미가 있고, 삶의 기쁨이 있는 것이다. 까마귀, 거북, 홍게, 회오리선인장, 인간, 천자, 나방 등의 탄생과 번식과 죽음의 과정 속에 삶의 의미와 기쁨이 있고, 이 우주와 대자연의 아름다움이 있는 것이다. 회의주의는 그 어떤 의미와 진리와 진리의 가능성마저도 부인함으로써 허무주의에 이르게 되고, 이 회의주의와 허무주의에 빠지게 되면 이 세상의 삶이 없게 된다. 요컨대 회의주의와 허무주의는 흙에서 왔다가 흙으로 돌아가는 것과 빈손으로 왔다가 빈손으로 돌아가는 결과만을 주목하고, 그 삶의 내용을 모조리 부인한 패배주의의 산물에 지나지 않는다. 요컨대 회의주의와 허무주의는 지나치게 개인주의적이고 종말론적이며, 다른 한편, 지나치게 자의적인 편견과 독단론에 지나지 않는다.

흙에서 왔다가 흙으로 돌아가는 것도 기쁜 일이고, 빈손으로 왔다가 빈손으로 돌아가는 것도 기쁜 일이다. 진리와 허위의 싸움 속에서, 원인과 결과의 싸움 속에서, 질서와 혼돈의 싸움 속에서, 선과 악의 싸움 속에서 삶의 의미와 기쁨이 있고, 우리는 이 삶의 과정 속에서 수많은 후손들을 남기고 가게 된다.

대지는 더욱더 푸르러지고, 하늘의 태양은 더욱더 밝아지고, 밤하늘의 별들은 이 세상의 삶의 기쁨처럼 더욱더 축포를 쏘아댄다.

정채원 시인의 「모래 전야, 야전」은 그 회의주의와 허무주의의 색채로 이 세상의 삶의 의미와 기쁨을 더욱더 부각시켜주는 반사효과로서 그 빛을 발한다.

박성우
바쁜 여름

상추 열댓 장 뜯고
열무 두어 포기 뽑아다 씻어
늦은 아침을 먹었다

사람이나 손수레만
건너다닐 수 있는
작은 다리에 걸터앉아
냇물과 먼 산을 바라보았다

발아래에서 올라오는
물소리는 세찼고
굽이 너머에 있는
먼 산은 멀리 있어 고요했다

뭉게구름이 뭉게뭉게

흘러가는 하늘은 넓었고
산바람이 보들보들
불어오는 골짝은 좁았다

여름이 깊어질수록
밭고랑 풀은 수북해지고
산등성이 그늘은 짙어지겠지,

서둘러 해야 할 일과
어지간히 늦춰도 좋을 일을
하릴없이 구분해보다가
머리 위로 날아가는
왜가리를 올려다보았다

급할수록 돌아가야 하고, 바쁠수록 잠시 쉬어가야 한다. 너무 서두르다가 보면 될 일도 안 되고, 어떤 목표를 신속하게 달성하고도 건강을 상실하면 그 모든 것이 도로아미타불이 된다. 박성우 시인의 「바쁜 여름」은 '망중한忙中閑의 시학'이며, 바쁜 가운데에서도 자기 자신을 되돌아보고 성찰하며 삶의 기쁨을 향유하고 있는 시라고 할 수가 있다.

그 옛날이나 지금이나 명상하면서 그것을 실천하는 것이 모든 철학자들(현자들)의 좌우명이자 최고급의 행복이라고 할 수가 있다. "상추 열댓 장 뜯고/ 열무 두어 포기 뽑아다 씻어/ 늦은 아침을 먹었다"는 것은 박성우 시인이 밤 늦게까지 책을 읽거나 글을 썼다는 것을 뜻하고, "사람이나 손수레만/ 건너다닐 수 있는/ 작은 다리에 걸터앉아/ 냇물과 먼 산을 바라보았다"는 것은 늦은 아침을 먹고 가까스로 잠시 틈을 내어 명상에 잠겼다는 것을 뜻한다.

　명상이란 무엇인가? 명상이란 눈을 감고 차분한 마음으로 깊이 생각하는 것을 말하지만, 자기 자신이 서둘러야 할 일과 서두르지 않아도 될 일, 꼭 해야 될 일과 하지 않아도 될 일, 또는 나와 이웃과 이 세상의 삶과의 조화를 이루는 것을 깊이 있게 생각해보는 것을 뜻한다. "발아래에서 올라오는/ 물소리는 세찼고/ 굽이 너머에 있는/ 먼 산은 멀리 있어 고요했다." "뭉게구름이 뭉게뭉게/ 흘러가는 하늘은 넓었고/ 산바람이 보들보들/ 불어오는 골짝은 좁았다." 먼 곳은 조용하고 평화롭고, 가까운 곳은 시끄럽고 역동적이다. 먼 곳, 즉, 산 너머와 푸른 하늘은 동경의 대상이 되고, 가까운 곳, 즉, 내가 살고 있는 곳은 세찬 물소리와 산바람처럼 싸움의 대상이 된다.

　먼 곳과 가까운 곳, 즉, 박성우 시인의 「바쁜 여름」의 구도는 원근법이고, 이 원근법은 투쟁 속의 조화가 된다. 가까운 곳에서는 먼 곳을 동경하게 되고, 먼 곳에서는 가까운 곳을 그리워하게 된다. 일은 가깝고 휴식은 멀고, 싸움은 가깝고 평화는 멀다. 박성우 시인은 '바쁜 여름'의 한가운데에서 늦은 아침을 먹고 냇물과 먼 산을 바라보며, 또는 뭉게구름 흘러가는 하늘과 산바람이 불어오는 골짝을 바라보며, "서둘러 해야 할 일과/ 어지간히 늦춰도 좋을 일을" 구분하며, 잠시 망중한의 기쁨을 맛보았다고 할 수가 있다.

필리포스 왕은 그의 아들인 알렉산더에게 "너는 마케도니아가 좁을지도 모르겠구나. 세계의 왕이 되거라"라고 말한 바가 있고, 알렉산더 대왕은 "내 꿈은 세계통일이다. 먼저 그리스를 통일한 후, 페르시아를 비롯한 아시아와 아프리카를 평정할 것이다"라고 말한 바가 있다. 그 아들에 그 아버지, 또는 그 아버지에 그 아들이라는 '부자유친의 명장면'이라고 아니 할 수가 없다.

제 아무리 「바쁜 여름」이라 할지라도 명상하는 사람과 명상하지 않은 사람과의 차이는 천재와 백치의 차이보다 더 크다고 아니 할 수가 없다.

냇물도 명상의 힘으로 흘러가고, 푸른 하늘의 뭉게구름도 명상의 힘으로 흘러간다. 산바람도 명상의 힘으로 불어오고, 왜가리도 명상의 힘으로 날아간다.

김광선
조금녜와 동백

잠이 덜 깬 새벽 소변기 앞
아랫배까지 탱탱한 그것을 애써 조준한다
새 학기 창문 너머로 동백꽃 활짝 핀
교내 화장실
열린 유리창 너머로 오줌줄기를 자랑하던
파도 끝자락 외딴섬 중학교

낄낄거리며 서로의 것을 확인하면서
동백꽃만 수줍어 괜스레 붉고
여울져 넘어가는 한 시절 바다는
청해호, 덕일호
섬 귀퉁이 돌아나가는 물굽이는 유행가로 번졌다
둥그런 여객선 꽁무니에 사무친
낭창낭창 섬 아낙 억센 허리처럼 가녀린

화전놀이 장고소리에 유행가 설던

동백꽃 붉은 가지는 한 잔 술에 얼근해서

물너울 넘어간 중선배만 기다렸지

애타게 섬이 붉은 조금녀들은

객선 밑바닥 삼등칸

아무렇게나 누워 지린 갯내로 서방 찾아갔다

동백 꿀 달디 단 지지리 가난은

* 중선배 : 안강망 어선
* 조금녀 : 안강망 어선이 조금이면 들어와 '간조'(급여)를 직접 받으러
  여수 판장으로 남편을 찾아가던 뱃사람 여인들.
* 청해호, 덕일호 : 여수 나로도 거문도를 오가던 여객선 이름.

조금이란 무엇인가? 조금이란 조석 간만의 차가 가장 적은 때를 말하고, 달과 지구와 태양이 직각을 이룰 때 나타는 현상으로 이때에는 대부분의 어선들이 바다로 나가지 못한다. '조금새끼'란 어부들이 집에서 쉴 때 태어난 아이들을 말하지만, '조금네'란 전라도 사투리로서 "안강망 어선이 조금이면 들어와" 남편의 급여를 받으러 여수의 어판장으로 떠났던 뱃사람들의 여인을 말한다.

김광선 시인의 「조금네와 동백」은 "파도 끝자락 외딴 섬 중학교"에 핀 동백꽃을 바라보며, 가난한 조금네들의 삶의 애환을 노래한 시라고 할 수가 있다. 시적 화자인 외딴 섬 중학교의 선생님은 "잠이 덜 깬 새벽 소변기 앞"에서 "아랫배까지 탱탱한 그것을" 꺼내 "새 학기 창문 너머로" 활짝 핀 동백꽃을 정조준하며 오줌줄기를 자랑한다. 성욕은 시도 때도 없이 솟아오르고, 이 성욕의 대상에는 금기도 없다. '간음하지 말라'는 것은 동서고금의 윤리학의 근본명제이지만, 그러나 선생님들까지도 서로의 그것을 자랑하며 오줌을 갈기면 유난히 붉디 붉은 동백꽃들(조금녜들)만 얼굴을 붉힌다.

영국의 정치경제학자인 멜서스는 전쟁과 가난은 자연의 인구법칙이라고 역설한 바가 있지만, 가난은 부부를 뱃사람과 조금녜로 떨어져 살게 하고, 가장 기본적인 성욕마저도 충족시킬 수 없게 만든다. 조금녜는 붉디 붉은 동백꽃이 되고, 붉디 붉은 동백꽃은 남자 선생님들의 그것을 보며 괜스레 얼굴을 붉히고, "여수, 나로도, 거문도"를 오가던 여객선들, 즉, 청해호와 덕일호를 바라보며 "물너울 넘어간 중선배만" 기다리게 하였던 것이다. 기다림은 "낭창낭창 섬 아낙 억센 허리처럼 가녀린" 해지고, 기다림은 "화전놀이 장고소리에 유행가"를 부르게 하며, "한 잔 술에 얼근"히 취하게 만든다.

어느덧 그토록 고대했던 조금때가 돌아오면 "애타게 섬이 붉은 조금녜들은/ 객선 밑바닥 삼등칸/ 아무렇게나 누워 지린 갯내로 서방을 찾아갔다." 동백꽃, 조금녜, 가난, 이 삼박자의 가락에 육지 사람인 시인—선생님의 그것만이 불끈불끈 솟는다.

성욕은 물이고, 불이며, 성욕은 형체가 없다. 성욕은 천변만화하는 요술쟁이이며, 성욕은 조금녜의 가난과 굶주림을 틈 타 붉디 붉은 동백꽃으로 피었다.

최서림
완장

어떤 색깔이든, 완장이 채워지면
누구라 할 것 없이 늑대가 된다.
눈에 띄지 않는 완장을 찬 그들은
법의 테두리 밖에서,
도처에서, 킁킁거리며 어슬렁거린다.
시베리아 늑대만큼 재빠르게,
법 위에 올라타서, 법을 주무른다.
늑대에게 한번 찍혀서 물리기만 하면
그 누구도 벗어날 재간이 없다.
이미 죽은 시체까지 물어뜯는 늑대들,
완장이 벗겨지면 이빨 빠진 똥개가 된다.

📖

　임금이 있고, 나라가 있고, 국민이 있다. 임금(대통령)은 상승장군이며, 그는 절대 권력을 얻기 위하여 그것이 총과 칼에 의한 전쟁이든, 국민투표에 의한 최고급의 인식의 전쟁(선거전쟁)이든지간에, 그 어떤 더럽고 추한 전쟁마저도 마다하지를 않았던 것이다.

　오늘날에는 맹자의 말대로, 국민이 있고, 나라가 있고, 임금(대통령)이 있다. 임금과 국민이, 국민과 임금의 권력 관계로 역전된 것은 '모든 권력은 국민으로부터 나온다'는 민주주의와 만인평등사상에 기초한 것이지만, 그러나 민주주의와 만인평등사상마저도 지식을 가진 자가 더없이 어리석고 우매한 국민들을 지배하기 위한 사탕발림의 말에 지나지 않는다. 권력은 본질적으로 힘이며, 타인을 지배하고 복종시키는 것이 그 본질적인 속성이라고 할 수가 있다.

　이제는 권력이 있고, 국민이 있고, 나라가 있다. 권

력이 국민과 나라의 목을 비틀고 자기 자신의 입맛에 맞는대로 충신忠臣을 선택한다. 완장은 충신의 표시이며, 이 완장의 크기에 따라 무소불위의 권력을 휘두르게 된다. 상과 벌을 안겨줄 권리, 사회적 지위와 다양한 자원을 배분할 권리, 전재산을 몰수하거나 변방으로 좌천시킬 수 있는 권리 등, 이 완장의 역할은 다종다양하고, 우리는 이 완장을 얻기 위하여 그토록 오랫동안 공부를 하고, 끊임없이 백전백승의 전략과 전술을 익혀왔는지도 모른다.

최서림 시인의 말대로, 어떤 색깔이든 「완장」이 채워지면 누구라 할 것 없이 늑대가 된다. 대통령이든, 장관이든, 총장이든, 부장이든, 전문위원이든, 대책위원이든, "눈에 띄지 않는 완장을 찬 그들은/ 법의 테두리 밖에서,/ 도처에서, 쿵쿵거리며 어슬렁거린다." "시베리아 늑대만큼 재빠르게,/ 법 위에 올라타서, 법을 주무"르고, 이 "늑대에게 한번 찍혀서 물리기만 하면/ 그 누구도 벗어날 재간이 없다." 일제의 독창적인 창안물인 백치교육(주입식 암기교육)을 받으며 친일파 청산을 부르짖고, 진보와 보수간의 암묵적인 '뇌물동맹'을 맺었으면서도 '적폐청산'을 부르짖는다. 일제시대의 금괴밀수도 애국적인 행위가 되고, 정신대와 위안부와 강제징용의 전력만 있어도 국가의 영웅이 되고, 요컨대 시민단체의 완장을 위해서 국가의 혈세를 낭비하며 전국민을 복종시킨다. 이미 죽은 불구대천의 원수의 시체까지도 물어뜯는 늑대들, 완장을 찬 그들은 피에 굶주린 늑대들이지만, 그러나 그 완장이 벗겨지면 이빨 빠진 똥개가 된다. 완장이 그 소속원들과 국가를 위해 있는 것이지, 그토록 사악하고 탐욕스러운 늑대들을 위해 있는 것이 아니기 때문이다. 또한, 국가와 시민을 위해 공명정대한 권력의 칼을 휘두르지 않고 너무나도 뻔뻔스럽고 파렴치한 불의를 위해 권력의 칼을 휘둘렀기 때문이다.

권력이 그토록 사납고 잔인해진 것은 원시공동체 사회처럼 작고 소규적인 집단이 아니라, 수많은 집단과 집단들이 대규모적인 사회를 이루고 있기 때문이다. 사회와 국가는 거대한 군사집단처럼 조직되며, 대통령과 장관, 국회의원과 비서관, 병졸과 장교, 대장과 장군, 사장과 회사원들처럼 폭력적인 서열관계를 가지며, 매 단계마다 그에 맞는 완장을 차게 된다. 완장은 '무엇을 하라, 무엇을 하지 마라'의 '정언명령'의 상징이며, 따라서 상과 벌이라는 양날의 칼을 갖게 된다. 따라서, 어느 누구든지 이 '완장'을 차게 되면, 그는 갑자기 권력자가 되어 무소불위의 칼을 휘두르게 된다. 이른바 집안 일 시키기, 뇌물을 수수하거나 상납하게 하기, 돈 빌리고 안 갚기, 성희롱이나 성추행하기, 미운 털 박힌 놈 한직으로 쫓아내기, 가장 더럽고 추한 일 시키기 등의 온갖 갑질로 그의 부하들의 재산과 사생활과 인권마저도 유린하는 것이다.

우리는 왜, 사는가? 완장을 위해 살고, 완장을 위해 죽는다.

인간 중의 인간은 누구인가? 완장을 차고 완장 이상의 권력을 행사하며, 자기 자신이 가장 착하고 훌륭하다고 믿고 있는 사람이다.

모든 인간은 「완장」 앞에서 충성을 맹서하며, 이 「완장」이 없으면 최서림 시인의 말대로, '이빨 빠진 똥개'가 된다.

반경환은 1954년 충북 청주에서 태어났으며, 1988년 『한국문학』 신인상
과 1989년 《중앙일보》 신춘문예로 등단했다. 반경환의 저서로는 『시와 시
인』, 『행복의 깊이』 1, 2, 3, 4권, 『비판, 비판, 그리고 또 비판』 1, 2권,
『반경환 명시감상』 1, 2, 3, 4권, 『이 세상에서 가장 아름다운 명문장
들』 1, 2권, 『반경환 명구산책』 1, 2, 3권이 있고, 『반경환 명언집』 1, 2권,
『쇼펜하우어』, 『사상의 꽃들』 1, 2, 3, 4, 5, 6, 7, 8, 9, 10권 등이 있다.
이 『사상의 꽃들』은 '반경환 명시감상'으로 기획된 것이지만, 보다 새롭고
좀 더 쉽게 수많은 독자들에게 다가가기 위한 포켓북이라고 할 수가 있다.
사상은 시의 씨앗이고, 시는 사상의 꽃이다. 그는 시를 철학의 관점에서
이해하고, 철학을 예술(시)의 관점에서 이해한다. 그의 글쓰기의 목표는
시와 철학의 행복한 만남을 통해서, 문학비평을 예술의 차원으로 끌어올
리는 것이다. 따라서 반경환의 문학비평은 다만 문학비평이 아니라 철학
예술이라고 할 수가 있는 것이다.
시는 행복한 꿈의 한 양식이며, 낙천주의를 양식화시킨 것이다.

이메일 : bankhw@hanmail.net

사상의 꽃들 10
반경환 명시감상 14

초 판 1쇄 발행 2021년 5월 29일
지은이 반경환
펴낸이 반송림
펴낸곳 도서출판 지혜
편집디자인 김지호
주   소 34624 대전광역시 동구 태전로 57. 2층 (삼성동)
전   화 042-625-1140
팩   스 042-627-1140
전자우편 ejisarang@hanmail.net
애지카페 cafe.daum.net/ejiliterature

ISBN : 979-11-5728-443-6 02810
값 10,000원